◆◆ 中国文学名家小小说精选丛书

在雨夜的叩门声里

何也 著

江西高校出版社
JIANGXI UNIVERSITIES AND COLLEGES PRESS

南 昌

图书在版编目（CIP）数据

在雨夜的叩门声里 / 何也著 . -- 南昌 : 江西高校
出版社 , 2025. 6. -- (中国文学名家小小说精选丛书).
ISBN 978-7-5762-5713-7

Ⅰ . I247.82

中国国家版本馆 CIP 数据核字第 2025HD4448 号

责 任 编 辑	丁文勇	
装 帧 设 计	夏梓郡	

出 版 发 行	江西高校出版社	
社　　　　址	江西省南昌市新建区工业二路 508 号	
邮 政 编 码	330100	
总 编 室 电 话	0791-88504319	
销 售 电 话	0791-88505090	
网　　　　址	www.juacp.com	
印　　　　刷	鸿鹄（唐山）印务有限公司	
经　　　　销	全国新华书店	
开　　　　本	650 mm×920 mm　1/16	
印　　　　张	12.5	
字　　　　数	154 千字	
版　　　　次	2025 年 6 月第 1 版	
印　　　　次	2025 年 6 月第 1 次印刷	
书　　　　号	ISBN 978-7-5762-5713-7	
定　　　　价	58.00 元	

赣版权登字 -07-2025-40

CONTENTS
目　录

在 雨 夜 的 叩 门 声 里

◀ 白凡老师

一

从营羊到坝头，从前走水路要走一个白天。可眼下走不了船了。走旱路有两条，一条公路，坐两个半钟头的车；一条是抄小路，步行走四个钟头。

坝头的小学，叫"坊造小学"。坝头是个僻远所在，与坝头邻近有三四个自然村，拢共三百人口，所以坊造小学的学生总在四十上下。坊造小学有两个老师，一个公办的白凡老师，一个民办转正的菊秀老师。白凡老师把坊造小学当成自己的家来热爱，二十年来都没有挪过窝。菊秀家在坝头，她也很爱坊造小学，因为学校和家庭两边她都顾得着。作为一个平凡女人，她很知足。

白凡老师结婚二十多年了，但老婆和女儿离开他也快二十年了。快二十年时间，白凡老师既不着急出去寻找，也不办离婚手续。坝头的民众认为白凡老师算得上是一个真正恬淡生活的人。

但白凡老师在前天接了一个电话，苏云和白柳母女俩明天就要回来了。

坊造小学的校址选得巧妙。坝头不过是沿江建造的一条小街。过去热闹过，眼下却没人赶圩，小街也就成了摆设，没落了。坊造小学就建在逆流往北的江边上，地势要比小街低一点，距离江面更近一点。各三十平方米的两间教室和教研、校务、宿舍、厨房混用的另一间均面江而建，前方展开一幅百平方米左右的场地。白凡老师觉得在这个地方上课，师生的心思随着江水的脉动悠着，可以神游到很远的地方去。所以白凡老师带领学生朗诵课文时总觉得有一种诗意，荡在江面上的读书声透着清亮。这种感觉似乎也传给了坝头的民众，觉得白凡老师是一个非常难得的老师。

下午五点钟，学生便开始陆续离校走了。菊秀把一摞学生的作业本抱到白凡老师的宿舍。在白凡老师的宿舍里，靠门的地方放着菊秀的一张办公桌。菊秀放下学生的作业本，便到廊台上把煤灶的气门打开，转过身来对白凡老师说：

"这么多年说走就走了，说回来就回来了。"

见白凡没有吭声，菊秀接着说：

"我说你准备好接纳她了吗？"

白凡老师说："菊秀，你该回家做晚饭了。"

菊秀说："当然白柳毕竟是你的女儿，时间过了快二十年，是个大姑娘了，你不接纳母女俩说不过去的。可你到底开个口，我也好替你把房间整理一下。"

在雨夜的叩门声里

白凡老师说:"谈不上要整理。你回家做晚饭去吧。"

菊秀说:"还有,白柳大姑娘了,母女俩回来,你难道要三个大人睡一张床不成?"

二

白凡老师照例起得很早。

这一天菊秀比平时早些到校。她把白凡老师的脏衣服拿到江边洗了,回过头来又打扫了白凡老师的宿舍。菊秀说:"我这张办公桌要不要搬到教室去?"白凡老师说:"有这个必要吗?"菊秀说:"今天我并班上大课,你自个好好准备一下。"白凡老师说:"不要随便打乱学校的秩序。"菊秀说:"你这个人,难怪人家要离开你!你都这把年纪了,还这么不开窍!知道吗,女人天生就是喜欢一些表面的东西!"白凡老师说:"学生到齐了,上课去吧。"菊秀说:"算了,由你好了。你这个人,真是的,一条筋!"

上午十点半钟,苏云和白柳就到坊造小学了。她从厦门直接打的回来,这得花一大笔钱,但能快好几个钟头。菊秀眼尖,跑到另一间教室对白凡说:"你去吧,母女俩到了。我把学生凑在一起上音乐课。"白凡老师去后,菊秀便让学生往另一间教室扛凳子。突然要上大课,学生显得有点兴奋,有点乱。不少学生开始打听:"菊秀老师要上什么课?""这是你问的吗,上音乐课!"有的学生在底下猜测:"你知道为什么要改上音乐课吗,白老师来客人了!"菊秀赶快让学生唱一遍《国歌》《江湖水浪打浪》

《常回家看看》，接着又让学生唱了一遍这三支歌，要让学生唱第三遍的时候，白凡老师便大跨步向教室走了过来，冲着菊秀说："你这样上课怎么回事？"然后他朝学生打开嗓门："三年级的同学回原教室！"菊秀不满地嘟囔道："天底下有你这样当丈夫的吗，人家可是二十年才来一次！"白凡老师瞪着眼对菊秀说："中午请你一起吃顿饭，刚好也是二十年才请你一次！"

白凡老师把三年级的学生带回原教室，接着上了十几分钟的课，上午放学时间就到了。

三

菊秀初中毕业回坝头，也就是十七岁那一年，她当上坊造小学的民办教师。过了一年学生猛增到六十多个，学区终于给坊造小学派一个公办教师，村乡协力建了三间平房充当教室和宿舍。这一次，刚从中等师范毕业的白凡，连新婚妻子苏云也带来了。实际上，白凡与苏云相处的时间和菊秀与苏云相处的时间也长不了多少。苏云怀孕足月的时候，突然的一天，苏云便悄无声息离开坝头、离开白凡老师走了。

坝头的民众感到很奇怪，白凡老师居然从未动过要把身怀六甲的老婆找回来的念头。平时不管菊秀怎样努力，也未能从白凡老师的口中查找到苏云为什么要选择离开丈夫的蛛丝马迹。

过后菊秀听说，那一天苏云是企图爬过仙顶嶂回娘家去的。但苏云还没有爬上仙顶嶂，她的肚子就像刀绞一样痛，她没有办法只好让女儿白柳降生在仙顶嶂的畜牧场里。白凡没有出去寻找过苏云母女俩，苏云也从此没有回来过，她要么泉州、厦门，要么潮州、汕头，甚至带着女儿白柳到上海打过工。时间过得真快，二十年过去了，母女俩也不知道是怎么想的，二十年杳无音信，却在冷不丁的这一天，说回来就回来了。

苏云白柳母女俩穿戴落落大方，显得轻松洋气。白柳肤色白皙，长得出人意料地俊秀，但仍可依稀看出白凡在她身上的某些遗传。只是这些落在白柳身上成了亮点的遗传，搁在白凡身上却只有黯然失色。苏云比菊秀大几岁，反而年轻得像个小妹妹。时隔二十年，冷不丁回来也不见生疏，也不顾忌白凡和菊秀怎样手脚不停地忙乎做饭，母女俩只管有说有笑。这让菊秀觉得自己所有的担心都显得很多余。等饭菜上桌，四个人围拢过来要用餐时，苏云这才突然冲着白凡提醒女儿说："小柳你也太过分了吧，我到现在还没有听你叫一声爸爸呢！"白柳说："你又没有给我一个明确的说法，我哪敢见男人就叫爸爸。"白凡往白柳的碗上夹菜，菊秀发现他对母女俩的调侃居然脸色如常。白柳出奇认真地审视白凡说："你当真就是我爸爸？"白凡说："你认就是，你不想认就不是。"苏云说："看到了吧，我说过你爸爸很潇洒的。"白柳说："各位请安静，好让我的心神专注过来，体会一下叫爸爸的那种感觉。"苏云微笑着，得意地望着二十年才相逢的父女俩。反而是白凡显得异常紧张。白柳闭上眼睛，轻轻地叫出爸爸那两个字。白凡满脸通红，看不出他到底在点头还是在摇头。苏云说："小柳你这爸爸两个字的分量太重了，叫得你爸爸都害羞了。"白柳说："我真想上法院把你俩告了，害得我距离爸爸这两个字这么遥远！"

苏云笑着夹菜吃。菊秀希望白凡老师能说句什么，谁想他居然有点走神。

白柳说："二十年来，我对妈妈的唯一要求就是，必须确认一下我是有爸爸的。"

"我代表坊造小学，欢迎嫂子和侄女回来！"见白凡老师不吭声也没有别的表示，菊秀意识到自己可能是在瞎掺和，只好凑上这么一句。接着吃了几口，赶快找借口回家去了。

看来母女俩都是自来熟，都是乐天派。嘻嘻哈哈，真真假假。这样的潇洒情形，让菊秀看了既羡慕又深感不可理喻。

四

这是个临要放暑假的炎热夏季。但炎热夏季放在坝头的夜晚，溪风呼呼，刮在身上也是彻骨的凉意。

坊造小学的几盏灯都熄了，只剩下清亮的后夜月和水面上悠悠晃晃的光影。

菊秀睡到后半夜，这才记起白凡老师一个人的被褥三个人睡肯定不够。但菊秀只把被褥抱到半路就又抱回头了。不行，三更半夜的，太不是时候了！

苏云白柳母女俩一共在坝头的坊造小学住了三天。在这三天里，母女俩把坝头邻近的三四个自然村走了个遍。本来母女俩还想爬牤牯岭上响廓山，远望莽莽苍苍的牤牯岭和高耸入云的响廓山，也就打消念头了。第四天一早，便又来了一辆小车把母女俩接走。菊秀自作主张让正在上课的学生到操场作了列队欢送。

这一次，苏云白柳母女俩去的也不知道是长三角还是珠三角。白凡老师没有问。但菊秀却知道那三个夜，白凡老师都去睡教室。

看样子，母女俩已是大都市的人了。

五

放暑假了。白凡老师要回营羊了。其实在营羊老家，白凡老师已没有别的亲人了。但一放假坊造小学就没有学生了。菊秀要参与家里的夏秋的抢收抢种，也不来学校了。

这个白凡老师，一直都是一条筋抽到底。菊秀一想到这一点就替他心疼得要命。

（载《飞天》2023 年 6 月号，《小说选刊》2023 年 7 月号转载）

在雨夜的叩门声里

◀ 高　考

······

设在川峰镇上的考场离歇凤陂有 30 里地。在天色明晦交替的凌晨，董小羽邀邻村同学申明明搭伴骑自行车去赶考，想必此刻申明明已在岔路口那儿等着了。就在董小羽要骑车出门时，他还躺在床上的爹董老泉突然脸色大变，一时间显得非常难看。他妈急忙找来药瓶子，往他爹的嘴里塞了一片硝酸甘油，这才对董小羽说：你爹这是老毛病，不碍事的，你赶快走你的吧。

也许是天色昏暗的缘故，这一天董老泉的脸色显得特别难看。董小羽骑车出门走了好一段路，还是放不下心来。

到了岔路口，邻村的申明明果然等在那儿。董小羽对申明明说：临出门时我爹心绞痛又发作了，不知道怎么搞的，他的脸色非常难看。申明明说：不要紧吧？董小羽说：不知道。

考完政治，董小羽对申明明说：也不知道我爹怎样了。申明明说：小羽，不管怎样也该放一放，眼下多关键的时刻啊，求你别分心好不好？

这是 1980 年那次高考。第三天考完所有科目的董小羽回到家里，他爹董老泉已经去世三天了。只等董小羽回家即行出殡。当时通讯还不发达，实际上即使发达了，家里也会对董小羽暂时隐瞒这个噩耗的。也就是这一年，申明明落榜成了农民，董小羽考上了省医科大学。

毕业后董小羽被分配在地区医院当医生，娶妻生子成了城里人，一晃二十多年过去了。等儿子长成当年董小羽的时候，儿子 2005 年的高考日子也到了。 为了营造儿子最佳的考试环境，夫妻俩半个月前就做了周密的安排。比如怎样确保儿子的睡眠，拟定高考食谱，在堵车情况下赶赴考场有几种路线可供选择之类，家里准备了安眠药、行军散、创可贴，万一停电要用的应急灯、折扇等，反正对一切有可能发生的意外都要防患于未然。当母亲的向单位请足四天假，忍痛放弃季度满勤奖。董小羽经领导的首肯后和同事做了值班时间的调整。本来他担心同事会为难，没想到对方不但满口答应，还哈哈大笑说：你想想看，我女儿明年也高考了，到时候要跟你商量值班调整，你敢说不吗？

除非地震刮龙卷风，否则的话儿子明天的高考就会得到全方位的保证。得意之余董小羽不禁想起自己当年的那次高考，无形中一个渴望答案的问题便冒了出来，在他的心中拂之不去。于是他开口对儿子说：好儿子设想看看，当你高考的时候爸爸突然倒地死了，你会怎样？

儿子愣了一下，伸手摸了摸他的额头说：爸爸你太荒唐了，这种事是不可能发生的！

妻子则对此大动肝火。末了对儿子说：别理你爸爸，他大概是神经病发作了！

（载《厦门文学》2006 年 4 月号，《小小说选刊》半月刊2006 年第 13 期转载）

◀ 笑 容
·····················

在不到一个月的时间里，第三次将丈夫送进医院后，当母亲的给正在读研究生的儿子打了个电话：巫洋，你快点回来，你爸爸生病了。

儿子巫洋倒也听话，第二天便从上海飞回小城。巫洋在显得凌乱的家里一刻也没有多待，转个身就来到医院，无疑给弥留之际的病人打了一针强心剂。

望着即将成材的儿子，当妻子的看见从丈夫脸上露出的那一道毫无力度的笑容，是多么满足和温情啊。

接下来母子俩开始忙着办丧事。

办完丧事，母子俩感到时空关闭了一段时间，然后时间就开始倒流了。

在母子俩的心目中，当丈夫的当父亲的那个男人一直都是非常健康的，非常强壮的。这个男人很少皱过眉头，从未叫过苦，所有的事情在他手下似乎都是顺理成章的。

当母亲的说：你爸爸病情发作后送到医院，检查的结果是肝癌晚期。

当母亲的接着说：真是活见鬼，简直就是三伏天下大雪，平时一点症状也没有，怎么会一发作就是晚期？医生说没有办法了，只能是控制病情，强加治疗会使病人更加痛苦。

当儿子的说：为什么不在爸爸病情刚发作时给我打电话？

当母亲的说：你爸爸死活不肯。可后来妈妈知道，再不给你打电话就来不及了。从你回来的那一刻，看了你爸爸的笑容我才明白，其实你爸爸的内心是矛盾的。你能及时赶回来，妈妈的心情舒畅多了。

当儿子的下了决心说：研究生我不读了，回来就近找个工作，陪在妈妈身边。

当母亲的说：我说儿子你傻了不是？你爸爸死而无怨，还不是因为他有个求上进、能成材的儿子！再说也不差这一年半载的，你这样稀里糊涂地回来，叫我怎样面对你爸爸？

当儿子的心事重重地继续求学去了，这样一来家里便只有一个孤零零的妈妈了。

隔天儿子便打电话回来，说妈妈你干脆搬到上海来好了，这样就省得我日夜想念了。

当妈妈的不高兴了，说：你这是什么话，要我搬到上海去，那你爸爸怎么办？

在电话另一头的儿子不禁心中一凛：天哪，妈妈还当爸爸活着！

（载《厦门文学》2006 年 4 月号,《小小说选刊》半月刊 2006 年第 13 期转载）

在雨夜的叩门声里

◀ 初　春

在春风拂面的日子里，阿磬子白皙细腻的脸颊透着红痕，勾云拨雾的眉梢像涂了愁一般，似有难以排解的心事兜着。冷不防间，她撅起的嘴巴，挂得住一只篮子。

"他真坏！"

想到他是坏的，就挑不到一个好的了。

阿磬子还在读书，谁都教导她分心不得。那个叫颜高的男孩——有关他身上的种种，她都不许自己去细想。他身上或有与女孩的不同之处，她也怯怯地让它们混沌着。只是到了读书疲倦的时候，总是油然间挑起在别处——或是在清浅见底的小河边或是在凉风习习的竹林下那更有趣味的情景，她则拿自己非常生气。

此刻院墙上空那轮透明了的水汪汪的满月，照亮了山野乡间。

中午下课铃一响，学校就像炸油锅一样闹翻天了。阿磬子的书包挂上肩，情绪就不由得逼迫起来，想到了一个"逃"字，心便像一只兔子要从她的胸腔跳脱出来。出了校门，又是圩日，人流稠得密不透风，个个只顾一件什么要紧事，在街上穿梭来去。阿磬子的双脚失了根底，漂浮在左冲右突的人流里，半公里长的街道，让她挤出了黏糊糊的一身汗。

挣脱了人流，阿磬子还得走几里路。刚才热得冒烟的关节，风一吹竟透着一股凉，心里赶得紧，一双腿却只能机械地迈动，连呼吸也给磕碰着了。

> 花妹子，绿衣裳，
>
> 红抹胸，青筒裤，
>
> 睃眼儿不认路。
>
> 看谁呀？
>
> 不看你这个蟹八脚，
>
> 看那个，
>
> 看那个，
>
> 你看路边那个哥——
>
> 他脸红了不说话
>
> 当真是只呆鹅哩！

阿磬子的眼睛，其实一刻也没有离开过路面，偏她记起小时候唱的这首儿歌。小时候是唱着玩的，这会儿还没开口唱，只是记起，便觉得惶惶怪怪的了。

偏就在这时候，颜高双脚抵地，脚踏车哧溜一声在她身边停下来。阿磬子是凭感觉知道的，但她不想去理会他。

"阿磬子你坐上来，我驮你。"

"不！"

阿磬子的口气很坚决，两条腿照迈不误。颜高脚下用力，轮子转了起来，只转几圈就又停住了。

"坐上来吧，走路多累人啊！"颜高故意平视前方，用的是不由分说的口气。

"谁稀罕，你快走你的！"

这当口，阿磬子很是生气。

"你这是何必……"颜高嘟囔着扭摆一下身腰，撇下阿磬子骑车走了。这一回，颜高就像一只被打懵了的小公鸡，在路上颠来晃去扭波浪线。阿磬子真替他担心，果然颜高再次回头掠她一眼时，便连人带车栽进排水沟里去了。

阿磬子惊叫一声止住脚步。滚了个浑身污泥的颜高像一枚土蛋，爬起来骑上车，仓皇间如同离弦之箭疾驰而去。

阿磬子骂了一声活该，脚下却被什么东西绊了一下，差点跌倒。

出了院子，是一丛丛的绿竹，两棵正在吐芽长叶的柳树。在静静脉流的小河里，圆月晃晃的，深邃的天幕似乎倒过来了，把大地裹进怀抱。平时熟悉的一切，为何在此刻会显得这样不真实？

"我就料定你会出来。"

在雨夜的叩门声里

颜高竟藏在绿竹丛中，蓦地露出他那颗傻乎乎的头。

这下阿磬子后悔了，为什么自己会莫名其妙跑出院子来？于是她转身就想回家。

"你刚出家门，又这么急着回去！"颜高急了。

"中午你摔疼了吗？"还好阿磬子只转个身，并没有把脚迈出去。

"我这不是好好的吗？"颜高摊开双手，像外国人一样做了一个夸张的动作。

颜高没什么事，这下阿磬子就又要回去了。

颜高不再挽留她，而是往河里丢了一颗石子，咄地响了一声，月亮和天幕便晃荡开了，就像颜高家放在大桶里搅的蜜。

"颜高你怎么不念高中了？"

"我家蜂棚就是多一双手也顾不过来。念不成书，还不如不念的好。"

"你家养蜂，能挣多少钱呢？"

"还好吧。"颜高说，"磬子你要认真念书，等你上大学了，我每月给你生活费。"

颜高手扶竹子，抬头望一眼星空。这是个月明星稀之夜。河面复又平静下来，圆月在小河里成了一只明亮的眸子。

"我还不知道能不能把高中念完呢。"阿磬子说，"我家的那片柚山也缺人手。"

"谁家不缺人手！"颜高说，"磬子你骑脚踏车上学吧，明早我就把脚踏车骑到你家来。"

“不要！”

“过些天我家就要买小货车了，我从书里看了，可以运蜂箱
到外地采蜜……”

颜高在说谎，他爹是坚决反对买小货车的。

“我要回去了。”阿磬子说，“我作业还没有写完，明天还要
起大早。”

“那你回去吧。”

“你呢？”

“我想在这里多待一会儿。”

（载《金山》2009 年 2 月号）

◀ 丈　夫
····················

你身姿绰约

四野晴明予以我无限春光

这是顾颐与凌子恋爱时，他写给后者一句赞美诗。凌子的漂亮可以打满十分，学识修养却只一般。然而当她捧读这句诗时，她就像怀拥月亮宝石那样满足而感到自己的幸福。

或许这就是缘分，婚后小两口的日子果然过得甜蜜无比。凌子的运气不错。她知道丈夫对她的倾心欣赏。每天早餐前，顾颐总是那样充满愉悦地去捕捉他"多么美妙的凌子"——他的目光一刻不停跟着凌子的身影，其灌注之心似乎要整个儿笼罩住她。这是他一个持久而从未间断的习惯。尽管每天只有短短的几分钟。

作为回报，凌子每天早餐前都要支起手臂托着下巴，满是激赏看几眼他那温文尔雅的吃相，她这才开始动筷进餐。

只是这一天早餐，顾颐拿筷子夹菜刚送到嘴边，就停住不动了。尽管这个在旁人眼里几乎可以忽略不计的动作，却让正在伺候丈夫用餐的凌子吃惊地张大了嘴巴（在此之前，凌子把昨晚丈夫掼砸家具、电器、古玩以及日常物什的行为，只看作是他仕途不顺或遇到棘手问题时的一种表现，发泄过就算了）。

正在惊疑的凌子，听见丈夫开口说：

"凌子，我们夫妻几年了，你居然到现在——连想都不想把你以前和汪翔上过床那件事告诉我一声？"

一句话无异于晴天霹雳，只见容光焕发的凌子打了个激灵，情形之剧变，如同活活被冻僵在那儿。

许是过了几分钟，或十几分钟，凌子这才簌簌泪下。

持久的默对，让人感到顾颐那极其耐心的等待。

凌子说："有一天我去汪翔家……他强行留我，不让走。——就只有那一次。"

隔天天亮，凌子如常做了早餐，便犹豫着不想坐到餐桌上来。

"凌子，你怎么啦，吃饭呀。你也用不着把那件事太过于放在心上嘛。"

凌子听后坐上来。小家碧玉的情调，外加一点调皮撒野，正是丈夫所喜欢的凌子的天性。但这一天清晨，凌子没有抬头看丈夫那温文尔雅的吃相，便顾自开饭了。只是拿在她手中的筷子，夹上食物也好，夹空了也好，她都往嘴边送，一副失魂落魄的样子。

顾颐叹了一口气，说：

"凌子，我们夫妻几年了，看来我还不够了解你。我是你丈夫又不是外人。你就当根本没有那件事谈一谈好不好，比如说在什么样的时间里，为什么去汪翔家等等。"

凌子抬头巴巴地望了丈夫一眼，说：

"那一天下午，我在工作室打字机旁输文件，没想到汪翔进来了，交代说，要我下班后把一封信送到他家里去。说当时他正忙着，得去开会什么的……"

这一天顾颐的早饭只吃了平时的一半，便搁下上班去了。

因各忙各的，所以除了星期天外，这对恩爱夫妻只有入夜和早餐时间才能聚在一起。若一方出差，分别十天半月也是常有的事。

第三天五点钟不到，凌子便起床把早餐安排妥当。没有别的事可干的了，凌子伶仃坐在餐桌旁，等待丈夫一起用餐。怔怔的凌子集中不起自己的注意力，直到丈夫坐上来，她也没有觉察到。

"凌子，吃饭呀！"

若有所失的凌子，几乎是神经质地快速抓起筷子，随即又放下，抬头乌眼鸡似的望向丈夫。先前，这双乌黑明亮的大眼，曾多少次在他仕途困顿之时，成为照见他前方的灯塔啊。

当丈夫的说：

"凌子，要知道当时汪翔前后左右有多少个亲信，他要送一封只在几步之遥的信件，其人选马上就想到你。这是怎么一回事？说明的是什么问题？"

凌子说："当时，我什么也不懂，只认定是他对我的信任，就像我从基层直接调到市政府部门工作一样，我只能把它理解为是我的一种幸运……"

由于下基层"文明建设"验收三天，丈夫临行时交代说："凌子，那件事的经过你好好回忆一下，梳理一下，你难道不可以任何细节也不遗漏、原原本本和我谈个彻底吗？"

凌子没有搭腔。但是，尽管她神情恹恹——还是一种畏避？却也同时在这样告诉他：身为人妻，她会去尽这一份责任。

多少家庭内部的变化，都在无形之中。在外人看来，日子总也一样在过下去。

第四天顾颐回到家，发现凌子竟入夜九时不到就躺到床上去了。当丈夫的第一次看到，蜷缩在床上被窝里的妻子，其身量居然小得出奇。

"凌子你怎么了？身体不舒服吗？"

"没事，"凌子说，"我只是感到冷。天气也冷得太快了。"

"真是活见鬼。"顾颐说，"你们女人就是情绪动物，离中秋还有几天呢！"

凌子在被褥中动了一下，觉得没有什么可隐瞒的了。但凌子有个小小的要求，对丈夫说：

"我知道自己算不上有什么病，可就是觉得冷。我想能蒙着被子暖和些。——顾，就让我蒙着被子说说那件事可以吗？"

顾颐端了杯茶，坐在床边的沙发上。

除了时不时的停顿，丈夫要么坐在沙发上，要么站起来背着手，在卧室里踱着步子，像惯常听汇报一样，他没有插话过。

凌子说："我调到市政府部门工作半个月，才间接知道从中关照我调动的人是局领导老汪。我很感激他，但也只有几次在公共场合向他点头致意过。那一天，他突然到我工作的科室来，要我下班后把一封信送到他家去。当时他说要赶一个临时会议。我没多想，像平常接到工作任务一样，下班后，便按照地址找到他家，没想开门让我进去的竟是他本人。他招呼我在客厅坐下，笑眯眯对我说：'凌子，是我给你开了个玩笑：家走亲戚去了，怪寂寞的，就想请你到家里来聊聊天……'我心里咯噔过后，便对他的关心爱护，诚恳地表示一番感谢，然后站起身便要告辞。他示意我别急着走，说：'是我汪老头让你感到害怕吗？'其实他当时才四十出头，他不这样说还好，他把自己说成汪老头，我就有点害怕了。可我当时也不知道该说些什么好，呆呆坐在那儿，一眼也不敢看他。我想他也该说一句两句什么话吧，可他也没有。这样过了不久，我就又站起身要告辞，这下他急了，竟抢过身来拦住我说：'凌子，要是你以后在工作上有什么难处，就直接跑来告诉我一声，我自会大力照顾你的……'我被他的样子吓得不轻，还是强撑着对他说：'汪局长你的大恩大德是我一辈子也不敢忘记的……'我没有想到他这时候会那样的冲动，可我又没有什么办法去阻止他。他气喘如牛对我说：'凌子，你长得太美了！这样的美人我怎么忍心让你在基层风吹日晒呢……'我担惊受怕的事眼看就要发生了，可我也只能这样去求他：'汪局长，这样不行的，你这样做会毁掉我一辈子的……'他说：'没事，只要你我心照不宣，谁也不会觉察到什么……'他说完这句话后，也就不再顾忌我的苦苦哀求和挣扎了。"

凌子说："事后，我想过死，也想过去控告他，但是好几次我都拿不出勇气来。当时我的环境、地位变了，有不少人都在羡慕我的幸运，对我另眼相看，跟我套近乎……并且他也看得出我不是那种女孩，事后也不再纠缠我……当然，我知道自己的一颗心已经凉透了，可日子还得过下去。一年后我发现——也可能是我的猜测吧：那件事过后他是懊悔的，他一年顶了十年地苍老，看不出他以前的虎虎生气了。看在眼里，我心中的仇恨因此淡化多了。而真正使我从这件事上解脱出来的，顾，是你出现以后……"

声音没有了，凌子不再说不再动了。拥着一件薄被躺在床上，她的身体更为娇小。

"凌子你躺着吧，注意别感冒了。"顾颐说罢走出卧室。

顾颐独自在马路上走着，走入他就身处其中的夜间小城。

轻风拂面，路灯下的车辆和行人，于顾颐的视野中穿梭往返。

貌美而资质平凡的凌子调市政府部门工作，她事先并不知情而没有私下交易，这可能吗？

凌子心怀感激，在汪翔家与之相会，她表达的是什么的内心和感谢？是单纯的女性本能，还是无知的冲动？

事后不去控告汪翔也就罢了，反倒注意他的苍老和事业方面的失意，如此的细心体谅说明了什么？

关键在于，此前顾颐总以为自己在凌子心目中的形象无比完美，女人需要的一切他都具备。而凌子既已倾心自己，就应是心中的唯一。现如今看来，恰恰说明他顾颐有多可怜，几年来被一个貌似无心无肺的女人玩于股掌之上他竟浑然不觉……

顾颐已能预见，一个带动另一个，一个个让人气愤、懊丧的问题，将会穷追不舍，缠他个没完没了，直到把他的身体、能力、运气都拖光为止……

半个月下来，凌子就像得了虚痨症一样神形俱失。同事苦口婆心劝她去检查身体甚至住院治疗。但凌子认为自己根本就没有病。当然，要是有一个人强行送她检查住院，她将不会拒绝。但她已经知道：她这一辈子是再也等不到这一个人了。

隔几天，同科室的小伙子李强，见四下无人，低声央求她说："凌子大姐，局里宣传科昨天才从下面调上来一个妞，漂亮、迷人，要人不动心都难。我知道她一定是通过你家顾局长的首肯才调得上来。要是大姐方便的话，能否帮忙从中拉线搭桥做个媒？"

凌子苦涩一笑说：

"我劝你还是别动那个念头好，这种女孩我见得多了，是天底下最没用的一种……"

凌子话一出口，便意识到自己完全没有必要对一个涉世尚浅的年轻人说这番话。但她一时又化不开纠结，说完便离开了科室。走不了几步，她听见身后传来了这样一声嘀咕："倒霉透了，撞上一个更年期综合征的黄脸婆……"

国庆节期间，顾颐去看望一个朋友。朋友不在家，他转身便想离开。这时候朋友的妹妹追出来叫住他说：

　　"顾局长，你是我哥哥的好朋友，有一件事我真的不知道该不该告诉你。"

　　"你说吧。"他停下脚步，准备听姑娘到底想说什么。

　　"昨天下午我在医院值班，"朋友的妹妹说，"你家凌子去医院了，她脸色很不好，我以为她去医院看病，没想到她是去探望一个叫汪翔的患者。当时，凌子和汪翔的谈话我都听到了，就是不知道该不该告诉你。"

　　"你说吧，我听着呢。"顾颐向来对这个老姑娘持有几分警惕，但这会儿他表示要耐心听她的。

　　"汪翔看见她到来，说：'凌子，我没想到你会这样痛恨那件事。可能我想错了，你今天不是来看望我了吗？'我退出病房外，听见凌子这样对他说：'汪翔，你当时处心积虑想把我搞到手，就是因为我长得漂亮吗？'汪翔说：'凌子，你是我一生中婚姻以外唯一的一次，也是唯一不可饶恕的一次。对自己良心的发现或谴责，是迟早的事，谁都躲不掉。几年来，我总在等待你遭难这一天的到来而寝食难安……这一天终于来了……凌子，我是垂死的人了，老天爷对我的惩罚，你难道看不到吗？'凌子说：'汪翔，我今天不是来听你忏悔的，我只是想让你看看，今天我还漂亮吗？'汪翔哽咽了。凌子说：'我也没有想到，直到今天我才明白，一个男人因为美而想得到一个女人，也得有点儿勇气才行……汪翔，你自此后不用太认真计较自己了……'说后凌子一直等到汪翔平静下来，才离开病房。后来，我看见汪翔的胸口处被他自己抓出的伤痕……"

"好妹子，看在我和你哥哥友谊的份上，这件事请你万不可外传。"顾颐听完后，郑重交代这么一句，才迈开步子回家去。

好妹子，要是当初我娶的是你而不是凌子，你今天会怎么样？

顾颐回到家里，自言自语说：

"凌子，我是为了能够感知到属于我的整个的凌子，我……"

往后的日子，或许凌子还是凌子。

也可以说，往后日子的凌子不再可能是凌子的了。

（载《福建文学》1993 年 11 月号）

◀ 诉 说

小杏不说话。沙奶奶唠叨了一阵，小杏还是不吱声。

小杏不说话，是她觉得跟沙奶奶说话，说不说都一样。反正沙奶奶也不管你是否在听，她都要唠叨。沙奶奶不是小杏的亲奶奶，可自出娘胎起，小杏便由沙奶奶一手拉扯大，一直到十八岁。十八岁后，小杏外出打工。外出打工的小杏经常回到沙家峁沙奶奶的身边，只有这一次小杏在外面度过了三个春秋，才在某一天突然出现在沙奶奶的面前。小杏感到自己已不是原来那个小杏了，可沙奶奶一点也不觉得惊讶，一见面就又唠叨，好像小杏在外面这三年，在她眼里根本就不值一提。小杏有点沉不住气了。小杏心想自己在外面花花绿绿的三个年头，即使对奶奶说了也是白说。可小杏还是有点沉不住气。小杏只想有个人能倾听一回自己那非同一般的经历，但沙奶奶不停地唠叨没有给小杏留下说话的机会，直到小杏大声说奶奶您再说我要走人了！沙奶奶这才急刹车停住唠叨。

这是小杏回家后和沙奶奶的第一个对视。

但沙奶奶确信小杏不至于马上离开后，她的唠叨又开始了。这时候小杏发现，实际上永远都是，任何鸡毛蒜皮都可能是沙奶奶唠叨的由头。小杏觉得很烦，这是小杏离家多年感到最要命的一点。

小杏决定要走了，她往山外打了个电话，便很快来了一辆桑塔纳把她接走。

可不知道为什么，几天以后，小杏再次回到沙家岙。

见小杏回来，沙奶奶连眼皮也没抬一下就又开口说：走呀，怎么见你又回头了？生你养你的地方，你能说走就走，拍一下屁股就撇清？你还小哪，我就像你年纪的时候……小杏把一个大包里的东西全掏出来，放在沙奶奶面前的小桌上。沙奶奶的话头随即跟了过来：小杏你堆这些东西干吗，难道想摆杂货铺不成？！你年纪也老大不小的了，还只懂花销，日后要成家养口了怎么办……小杏买了一大包吃的用的要孝敬沙奶奶，经沙奶奶这样没来由的一说，一时间委屈得泪水直冒。沙奶奶说：知道哭了就好，要不的话后悔药可有你吃的。年纪小的时候总想要变天，等年纪大了才知道什么都变就是不变天，活着还得一步步走好……

小杏把小桌上那堆东西放进平时只有沙奶奶能打开的壁橱里。沙奶奶坐着不动，只是她那两片柔软的嘴唇依旧开合个不停：回来就回来，还讨什么好！自小把你带大，我还不知道你有几根花花肠子！想出嫁你就开个口，奶奶添置不起嫁妆，可也不想为难你……

谁想出嫁了？谁想回来要嫁妆了？小杏的眼泪差点又涌了出来。

小杏哪，添置不起嫁妆你可别怪你奶奶，奶奶这些年来可没亏待过你。想起又是风又是雨的那一天，你连眼睛都还不懂得睁开，粉团团的还只是一块肉，就被你狠心的爹娘抛弃在荒山野地里了，想想你要不给野狗叼了去，也被饿死冻死，我老大不忍就把你抱回家，一把屎一把尿……

小杏从手提包取出五六扎百元大币，在沙奶奶面前一张张摆开。沙奶奶吃惊地闭上嘴，直到小杏把桌面摆满。

沙奶奶说：我从没见过这么多钱，可我也照样养老养少，把你拉扯大……

小杏的动作很慢，她在沙奶奶的唠叨声中，把摆在桌面上的百元大币又一张张摞了起来。这一次，被摞整齐的钞票并没有放到平时只有沙奶奶能打开的壁橱，而是放回小杏的手提包。

沙奶奶说：小杏，你刚才把堆在桌面上的东西放进壁橱了，可你把钱放回你的包里，你这是什么意思？你是有意要让奶奶眼馋？你是有意要让奶奶睡不着觉？还是有意要让奶奶觉得丢脸……

小杏说：奶奶您要这些钱也不难，可您得静下心来，每听我说一句话您就从这包里抽走一张。

小杏说着把手提包推到沙奶奶面前。沙奶奶87岁了，可沙奶奶不但说话灵便，而且动作也还干净利索。这时候的沙奶奶在小杏的眼里有点像一个孩子，她也分不清小杏说到哪里才算一句话，她只认小杏口气的每一个停顿，她都要从小杏的包里抽走一张钞票。小杏开始说她外出打工这么年的经历，说她怎样拼小命干计件，后来她遇到谁，后来她跑广州、深圳、厦门、泉州，跑江浙一带……后来她又怎样怎样。总之小杏说着说着把她自己也感动得一塌糊涂。

最后小杏说：奶奶您知道吗，我这些年来有多不易呀！

沙奶奶说：小杏你快告诉我，你包里到底有多少钱？

小杏再次泪花四溅说：我就知道奶奶您连一句话也没有听进去！

沙奶奶说：小杏你知道吗，奶奶87岁了，这一边要从你的包里拿钱，一边要听你说话，奶奶年纪大了没这个能耐。

小杏说：可您连一句话也没有听进去，您就记得要从我的包里拿钱，就不记得要听听我说的话！

沙奶奶把抱在怀里的钱放回桌上，说：小杏，钱我不想要了，你装回包里去吧。

（载《金山》2009年3月号）

◀ 傅玉郎履历的民间版本

一

傅玉郎生下来不足满月便能吃干饭，并且很快发展到，吃着吃着他就睡过去了，睡时必定衔一口饭在嘴里。其父见状大为恼怒，这跟饿死鬼投胎转世有什么区别？于是伸手去抠儿子嘴里的饭团，傅玉郎穷凶极恶地大哭开来，直到饭团塞回他的嘴里方肯安息。如此折腾了半月，当母亲的怕他在睡梦中给饭团噎了，便用碎布缝了只外表有饭粒状的小袋，为预防被吞食，接小袋的带子可以像戴口罩一样拴在耳朵根上。该小袋被命名为"玉郎的咬嘴"。学龄前，傅玉郎口衔咬嘴，窝在母亲的怀里入睡，夜夜如此。其父嘴上不说，内心厌恶至极，把他视为孽障。人世间的父子情深，在傅玉郎身上算是糟蹋了。

二

傅玉郎读小学便有女生缘。他长得敦实，虎头虎脑的，姿态真真假假，女孩子都觉得他特别好玩，喜欢掐他肉嘟嘟的腮帮兜子。傅玉郎认掐，嘴上说："你又不是我老婆，掐我干什么？"女孩子说："你让掐我就是你的老婆。"傅玉郎打掉掐他的手："休想！"这样一来便有五六只手一起突袭，去掐他的腮帮兜子："你想不想？"傅玉郎用那张被掐变形的嘴喊道："救命啊，掐死我了！"于是班上的女孩子便个个被逗得乐不可支。

老师认为傅玉郎带坏了班级的风气，状告到家长身上，幸好这时候傅玉郎非但不再"咬嘴"，还跟父母分床睡，已属难得，父母也就认他这个顽皮了。

三

读高中时傅玉郎积习难改，喜欢招惹班级同学对他的起哄。下午第四节自习课，班上静悄悄的，个个憋劲备考。傅玉郎迟迟疑疑站起身来，走到花贝身边说："贝贝，晚上老地方见，不见不散！"花贝头也不抬说："见你个头，变态！"迟迟疑疑的傅玉郎，磨蹭到小秋跟前说："小秋，我们前天约会的小河边垂柳下，夜里花好月圆，情景勾人，我七点准时在那儿等你。"爱害羞的小秋骂道："你去死吧，无事生非，厚脸皮！"这时候有个男生建议："玉郎咱别灰心，继续努力再找一个！"傅玉郎于是移步到了悦紫边上，说："阿紫，我们亲也亲了，抱也抱了，你不至于也拒绝我吧？"悦紫说："玉郎你买戒指、买项链了吗？要是没买，就不必流口水了。"傅玉郎只好"伤心至极"回座位，一边说："真丢人，我考不上大学，找不到工作，买不起戒指项链，连口水也不让流……"至此班级终于蓄足气氛，集体引发一番开怀大笑。放学后花贝和小秋手拉手来找傅玉郎，异口同声说："玉郎别怪我骂你，其实我们都很爱你。"傅玉郎说："算了算了，你俩还当真哩。"

这一年高考，这个班级的成绩特别突出。班主任庆幸自己班有傅玉郎这个活宝，只可惜傅玉郎和悦紫双双落榜了。

四

傅玉郎接母亲的班当上供销社办公室人员，悦紫内招成了影院的售票员。有一天，傅玉郎跑到悦紫的宿舍，对悦紫说："阿紫，我要正式流口水了。"悦紫说："要流就流在我手心上。"没想到往她手心上放的真的是戒指和金项链。"玉郎你当真了！"悦紫说完泪流满面。傅玉郎于是十分得意，说："那当然，我打小就是当真的。"

悦紫流产了几次。不能再流产了，再流产就连命也要搭进去。某天花贝在街上看见傅玉郎，对他大加责备："玉郎，瞧你把悦紫折腾的，我代表我们班所有女同学一起恨你！"读师范的花贝毕业后回来被安排在一中任教，又顺当恋爱结婚，不想此刻撞见竟说离婚半年了。傅玉郎对花贝说："难怪越发显得年轻，原来是没人折腾你。"

五

某夫妇各自经营一家中型企业，赚得盆满瓢满，于是花巨资在省城购置豪宅。悦紫好生羡慕。傅玉郎说："那是在找折磨，享福的又不是那小两口。"半年后男的跑来诉苦说："妈的花大把钱去省城买了房，装修、家具、电器一应高档，担心安全问题还装电网、搞了电子监控系统。其实两口子都忙公司，住那儿实际上是屈指可数。更苦恼的是，弄完这些又担心房子没人照看，长时间蒙尘容易损坏装修和家当，只好雇了个全职小保姆，供她吃住还发工资，——唉，花了几百万，真正享受的却是这个素不相识的小保姆！"男的说完这话便暗自神伤。

又过些天，女的也跑来诉苦说："从乡下来的小保姆是个黄毛丫头，不想住得好又吃得好，几天就变水灵了，近日那老鬼尽找借口往省城跑，是不是跟小保姆有一腿了？想想我就睡不着觉，都快担心死了。"

这下悦紫服气了，标榜丈夫是"我们最伟大的预言家"，只等那女的一走，便抱住傅玉郎又是亲又是啃。

六

"有个女的一宿没回家，翌日在老公面前称她在一个女性朋友家玩牌，玩过头住下了。老公私下打电话给她最要好几个朋友，竟没有一个知道有此事。过些日子男的也有一宿没回家，隔天跟老婆说他喝高了，睡一个兄弟那儿了。她老婆打电话给他最要好的几个朋友，竟个个确定她老公就睡在他家，有两个甚至说她老公此刻还在他那儿死睡，等醒了就原件奉还……"

傅玉郎把这个短信段子递给老婆看，悦紫看了来了兴头，当下拨电话给他几个朋友打听老公的去向。结果可想而知。更离谱的是其中一个竟说傅玉郎在他家喝醉酒睡了，问悦紫要否摇醒他接电话？悦紫砸脸色挂了电话，那哥们赶紧把电话打到傅玉郎的手机上，悦紫夺过手机，一接通便听见对方急叫："别鬼混了，快回家吧，你老婆找你呢，我保你在我家喝醉了，拜托回去前别忘了先喝口酒……"

傅玉郎叫苦不迭，只好像外国佬一样摊了摊手说："没有办法，世道变样了。"悦紫就像不认识傅玉郎一样盯住他审视了老半天："是你和狐朋狗友联手作案，还是世道变样了？"

七

傅玉郎在供销社办公室干两年就干腻了，不顾父母反对辞职去开录像厅，过两年又转业开了租书店，一边做生意一边把琼瑶和金庸、古龙等人的言情小说、言情剧、武侠小说、连续剧看了个稀巴烂。兴尽转手后，开了一家"玉郎食品公司"，生产的玉郎牌糖果糕饼、果冻，竟在市场上大行其道。死守的人要么提前买断工龄，要么下岗，要么倒闭。世道真是转得快。

父亲临死前对儿子说："玉郎，是当父亲的错看你了，没想到你活得比谁都好。"

（载《青年作家》2010年1月上半月号）

◀ 在雨夜的叩门声里

初春的傍晚，小山村渐渐弥漫上白茫茫的雾气。

乡医普去举盘家赴喜宴。喝了四成米酒他就停杯不喝了。天气很冷。在回家的路上，他拉高了衣领，哈着腰，打着冷摆子走路，朝村医疗所急匆匆走去。

普回到医疗所门前，从裤腰上摘下一串钥匙，挑出其中一把，努力要把钥匙插进锁孔。无奈大半天，那把锃亮的合金钥匙就是在锁孔上弹跳着进不去。这时候普在提醒自己才喝了四成米酒，不可能就这样醉了。可他还是控制不住自己的颤抖。后来他得出这样的结论，是酒精和冷天让他感受年过半百之后生命力有多么脆弱和可怜。普没有想到一个人的自信心会因为肢体的不配合而失去。普认命了，干脆一动不动站在门前，希望自己因此能笃定些。这时候的普，他觉得自己的情形就像一个挨家挨户讨饭的乞丐，在自家医疗所门前站着，祈求来自躯体的某种恩赐。

迷蒙蒙的雾，把小山村给吞噬了，唯独留下普和他医疗所的一扇门。

就在这时候，普听到沉而缓慢的脚步声。脚步声普很熟悉。隔着医疗所三道墙还有一家医疗所，是年轻乡医尚仪到井里提水上来的声音。

这一次普把钥匙插进锁孔，门吱的一声尖叫，意外被打开了。普进了医疗所，关了门。也不想开灯了。脱了胶鞋，和衣便往那架木床躺下去。在舒适暖和的被窝里，普感到头颅发胀得厉害。

天黑下来了，医疗所被初春雾雨严严实实地包裹着了。普能清楚听见隔几道墙的那个年轻乡医尚仪把半脸盆水泼到门外去发出哗啦的声音。普叹了一口气。当他像尚仪一样年纪的时候，他的医绩已不容置疑了。尚仪的今天，不用说正遭受人到中年却干不出什么名堂、被村民百般冷落那令人心酸的情景。普在想，会是因为我普的存在阻碍了他的发展吗？当初只有他普一家医疗所时，孤行独市为他提供了足够的临床机会，尽管他一直在忍受诊断失误或治疗不当的熬煎，但毕竟挺了过来。村民并不清楚有很长一段时间普在患者身上属于无可奈何试验期，却牢牢记住他以后如何帮助患者驱除病魔的成效。正因为这样，村民反过来看得清尚仪在患者身上小心翼翼地诊断、提心吊胆地拟定药方时，那种令人难以容忍的阴差阳错。

普明白，可怜的尚仪同时背负着两个人的过失。即使后来他是成功的，村民也会在相形之下觉得不足挂齿。尚仪肯定内心清楚，却有口难言。村民会把他的辩解看作是妒忌，看作是同行相轻，甚至是攻击。

普前额发热，蝶骨在闷闷地疼痛。他认定自己才喝了四成米酒，这会儿酒精就和他过不去了。让他感到天特别冷，感到躺在床上像被烧烤一样热。普的心境处于懒散和警醒之间，觉得自己可能是老了。

要是能睡过去多半就没事了。普这样想着，此刻他的思绪就像轻风中的湖光一样漫荡，意识在渐渐地模糊过去……看起来情形不错，这是行将入睡的前兆……

大约是入夜八点钟的光景，有人敲了医疗所的门，嘭嘭嘭地敲着。

"普叔，快开门！我家菊子病了……"敲普医疗所的是村东头的盛串。他老婆菊子病了。

普是在迷糊里被敲门声惊醒的。盛串把门敲得山响，敲第一遍他就全醒过来了。

"普叔，您在吗？在就快开门！菊子病得很凶，在床上直打滚……"

普接着听见盛串握拳擂门。前几天菊子分娩，她得了产褥热了吗？普正想活动活动自己的身子骨爬起来去开门，去看看菊子究竟是怎么回事。要是他在尚仪一样年纪，不用说他早已一跃而起，三步两步就到病人面前。但是这一天的普感到自己一时难以动弹，似乎他的身体还在沉睡，只有脑筋醒着，不晓得力道到底散落在哪里，内心着急动作却异样迟缓。在此情形中的普是备受自己谴责的，骂了几次自己的不中用和不像话。除此之外，基于职业习惯，那只平时片刻不离伴随他的药箱——一般而言，听诊器、注射器，一应急救药品等都往里装的药箱，此刻它放在哪儿呢？

普努力了几次才记起来。原来下午四时普临去举盘家吃喜宴，他把药箱寄在举盘的邻居可由家里了。谁想他吃了宴席，竟忘了背它回来。这是普行医几十个年头一回发生的一件不争气得让他懊恼万分的事。

"普叔，你真的不在医疗所吗？菊子痛得快不行了，她把嘴唇咬出血来了！……"

盛串第三次敲门。普体会得到盛串声嘶力竭的样子：他让头抵在医疗所门上，躁急得支撑不住自己。其实普作为一名医生他似乎要更为惶急些，几十年了他从来都不曾迟疑过一回。"我这就去看菊子。"这一次普看见自己果真坐了起来。当然令人难堪的情形也不是没有，普不知道这一次自己如何向门外的盛串解释说他刚才睡得太沉，敲破门他也没有听见。说这话谁信？

就在这时候，门外的盛串已经对普的存在感到绝望，"唉！……"盛串最后朝医疗所的门狠狠砸了一拳，便转身走了。

在这个叫虾隙的小山村，不可能找到第三个乡医了。请不到普的盛串只有请尚仪去给他老婆菊子看病。能请尚仪去也好。傻了一阵的普随后想到。在村里，唯独普心中有数，尚仪对坐月子期间各种常见疾患的诊治，一般地说他都可以应付自如了。该是让尚仪去显身手的时候了。"我普老了。"像今天一样，普明显感到自己力不从心了。以后或许得在暗地里把大多数的病号让给尚仪去处理……普这样为自己分辨地思忖着。不用说普当时忽略了这样的一个细节：盛串三次敲门和他对普过于信赖的叫喊，无疑让尚仪感到刺耳与不快，早把他医疗所的门也紧紧关上，蒙头睡他的觉了。

"尚仪兄弟，快去看看我家菊子，她快不行了……"

"盛串，你还是找普叔吧。坐月子的急症我没有把握，去了也白搭！"

普听见从另一家医疗所里传出来的话——听不出有睡意，同时也没有商量余地的声音。

这种时候，普多么渴望盛串能转过身来再次敲他医疗所的门。

然而，在门外，听见的只有那种属于男人跌跌撞撞的、伴随哽噎而远去的脚步声。

有好几次，普都想下床径直去盛串家看看菊子。但感到无比难受的普心存侥幸，没有付诸行动。

如果病情果真严重的话，盛串肯定还会回过来找他的。普在为自己作这样的假设。

菊子得的是"产后风"。病情火急火燎的，她没能熬住，入夜九时她就死了。当时，盛串失妻的哭声惊动了小山村虾隈的男女老幼。

当然普也死了。这个夜，普真不该相信自己吞下几片巴比妥，只是为了自己能睡沉一点。

（载《福建文学》1990 年 11 月号）

◀ 牧童时光
....

　　那时候耕牛是生产队的，但都分配到各家各户看管。我家也拉回一头毛草黑黝黝的大水牛，我喜不自胜，这看牛的担子自然要落在我身上。

　　当时各家各户专门看牛的全都是小孩子，寸豆儿、丙丁、典正、阿嘎——也就是我，是男孩子；灰眉儿、静多、拟巧是女孩子。我六岁，个头最小，看管的耕牛却是最大的，但这不碍事。据说当时我生得虽然虚弱，但是挺秀气的，闪忽着一双大眼，想必招大伙的喜爱。尤其是女孩子，就更懂得往我的身上"疼"了。每逢玩"战斗"的游戏，我必定被拉到女孩子的阵营这一边。我也奇怪，只要没别的男孩子在场，我就显得机灵执着。那时候我觉得大伙对我都挺好。有一次寸豆儿扔过来一颗"手榴弹"，正好砸在我的眼角上，便隆起了一个乌青色的小包，三个姐见状便一齐扑过去，把寸豆儿按倒在地上。她们正要使劲擂拳，我于是放声大哭，她们一听都撒开手，撇下寸豆儿回过头来安慰我。

三个姐有的吐唾液抹我的乌青小包，有的轻轻地揉，即便是挺爱羞怯的灰眉儿，也很可哀伤地拼命地眨巴着眼看着我。小片刻，就让我停住哭了。三个姐于是冲着寸豆儿连声骂道："寸豆儿，我剥你妈的皮！"我又闪忽着一双大眼看了一番她们，然后转过身来特意找寸豆儿，跟他玩小半天。

这样做必定要开罪那三个姐。但到第二天，她们却一点"仇"也不记得了。到荆棘丛中或者到深涧底里去寻找牛只，我只要看着她们的衣服就行。

如果典正过来要串通我去掏鸟窝，她们就将我藏起来，并且许诺说："待会儿我们三个为你掏很多很多。"

我说"不"，便想逃跑。这时候我会让她们捉住，先扒掉我的裤子再说。我哭着在草地上直打滚，她们又忙着给我穿回去，还一味咯咯地笑。我于是瞅个空便"叛变投敌"——跑到寸豆儿、丙丁、典正那一边。

她们一定要好不后悔一番哩。

赶牛上山，别的不怕，下个不停的毛毛雨最让我们头疼了。人栽倒了不要紧，最担心牛有三长两短。泥泞一地，山岭、小路都打滑，听说邻队的好几头大水牛不是滚坡就是跌死在深涧里，一听我们心就长毛了。后来，牛没出事，倒是灰眉儿摔折了腿，大伙儿七手八脚把她抬回家，她至少得一个月不能动弹、半年不能上山赶牛了。那天安排我和寸豆儿殿后赶牛，牛好难赶啊，在漫长的赶牛的日子里，第一次让我忙得心慌意乱得满头大汗。我更觉得大伙对我的好处了，回到村里我就跑到灰眉儿的身边哭了起来。

灰眉儿歇在家里不能动弹，便由她的姐姐玉儿和我们一起看牛。玉儿十六岁了，我才够得着她的腰间，我觉得她已经了不起地人高马大了，并且浑身到处都冒着我们小孩子所没有的热腾着的气息。玉儿姐显然更霸道一些，上山下山都要由她拉着我的手走。我一方面惬意地顺从，一方面感到我们看牛的队伍比以前要严整多了。

我也非常喜欢玉儿姐的霸道。她会支派寸豆儿、丙丁和典正去采哆尼，支派静多和拟巧去拔席草，让她扎辫绳，编草鞋。等到只有我和她时，她就会坐下来，伸开两条腿，要我坐在她面前的地上，由她搂着，说：

"咱俩看牛，让他们忙去。"

然后就有半天是静悄悄的。我分明觉得，我后脑勺正磕在一种绵软的东西上面。当时我并没多想，只觉得那样的情形挺好。

典正躺在家里出疹子。上山看牛只得由他的哥哥其正代替。高兴时，其正哥会老讲一个故事给我们听。更多的时候，我只好找寸豆儿随便玩点什么。

那些天玉儿姐基本上和其正哥在一起。他俩在说话时，不喜欢我们在旁边插嘴。于是我们便如一盘散沙一样到处玩。

这一天，我们把牛赶上绿油油的草山，其正哥便把我召集了起来说："让牛吃草就行了，我们都去对面的崖头采哆尼，看谁采得多。"

我从来没有亲手采过哆尼。想起蛇、毛毛虫、蜂巢、蚁窝，我心里就害怕得要死。于是我不由自主地躲到玉儿姐身后，睁着那双幽幽大眼。但其正哥发现我了，对我说："阿嘎跟寸豆儿一起采去，不要偷懒，采少了也不怕，到时我再匀给你。"

我望了望玉儿姐，奇怪的是她也没有要带我的意思。我只好不太情愿追寸豆儿去了。

说真的，不知为什么的，那一天我一直采得心不在焉，看见寸豆儿在那株哆尼树上采了颗哆尼，我才急忙跑过去，一看，剩下的没有一颗是成熟的。半天工夫我也采不了几颗，只能干巴巴地想着，到时候看谁会不会匀一点给我。

我想第一个肯定是玉儿姐了。但我的头歪过来转过去的，怎么找也找不到她。

我问寸豆儿看见玉儿姐没有？寸豆儿说："没有。我们不要去找她，我们自己采。"

我嘟嘟囔囔地说，"待会儿其正哥要匀给我。"

令我非常失望的是，这一刻其正哥也不知道在哪儿了。

我们采了老半天的哆尼，寸豆儿和拟巧他们都采了半口袋。大伙一并认为已采够了，也就稀稀拉拉地回到刚才集合的草坡上。

我挨个问道："看见玉儿姐和其正哥了吗？"但他们都摇头，都说不知道，让我觉得大伙真没劲，他们都没有意识到玉儿姐和其正哥丢了！

我痴痴坐着，很是淡漠他们。好久好久才看见玉儿姐从深涧底里慢慢地走了上来，我一看，差点惊呼了起来：

这哪是玉儿姐，她张扬的意气不见了，一时间竟让我觉得不认识她了！

她上来了，大伙儿都关切地问她："玉儿姐，你看见其正哥了吗？"

她摇了摇头，坐下来，像以往一样把我拢在怀里，不说话。

突然寸豆儿眼尖，叫道："瞧，那不是其正哥吗？"

朝寸豆儿指的方向看去，其正哥坐在五十步外的一个土墩儿上，低着头，一只手正拨弄着什么。

我转过头来对坐在我身后的玉儿姐说："其正哥在那儿呢！"玉儿姐默不作声，蓦地跳出来的一颗泪水刚好掉在我的鼻梁上。当时我非常惊异地觉得，我以前感到的玉儿姐身上热腾着的气息这会儿竟都没有了！

我动了动身子，挣脱了玉儿姐搂着我的手臂，跑到一块大石下，第一次觉得，我就是要那样让自己孤独一下。

我有多后悔啊。几十年后我年纪大了，便非常自责我那时候为什么要挣脱玉儿姐搂着我肩膀的手臂，跑到一块大石下，只顾自己的孤独呢？

（载《芝山》1989 年第 4 期）

◀ 一个鸡蛋
·······················

那个戴红袖章的人一走，妈就从衣柜里翻出一件上衣。

妈一直在摆弄那件灰花点的旧上衣，一只手不停地在上面摩挲着。该补的补了，密密麻麻的补丁拥挤在一起，缝上的小布块几乎拱成堆了。

直到黄昏，妈还是不停地叹息。就在这时候隔壁的杨秋婆颤巍巍地闪进门来。

"大江妈你过来。"杨秋婆把声音压得挺低，对正在出神的妈亲热地叫了一声。我和两个弟弟好奇，也跟着跑过去，看见杨秋婆悄悄塞给妈三个鸡蛋。

"三个鸡蛋煮熟了给大江爹带上，让他游个村就找一个旮旯儿地方吃一个……"

妈的双手放在胸前捧着鸡蛋，细心听着点头称是，不吱一声。

杨秋婆用食指戳着鸡蛋，继续说她：

"这个是前天那只花翅子下的，个头不大可样子多滑溜啊；

这个大的——你知道的，是那只石冠大母鸡下的……"

杨秋婆又拿起没被评点的另一个：

"你可别看它不争气，小是小点，可就是不比前两个轻！——我全掂量过了。"

妈还是一声不吱。杨秋婆是善良好心肠的人，可她总喜欢来一点小"动摇"，所以妈还是一声不吱来得对。

记得半个月前她拿了三个鸡爪粟饼要给我们兄弟仨吃。妈客气推辞说："我家里也有，你家也多，哪好净吃你老人家的呢。"杨秋婆信以为真，就拿回两个，只留下一个让我们尝尝她的手艺。这可难办了，妈只好把这个鸡爪粟饼一分为三。4岁的三弟在吃食方面素有权威，得先让他用眼睛仔细"丈量"一番，拣块大的，余下才是我与二弟的。

所以妈不吱一声，只认一个劲点头眯眼。杨秋婆见妈没再推辞，便转身走了。到了门口还回头对妈说：

"大江妈记着：一定煮给他爹吃。想想要游五六个村、站五六次台……"

杨秋婆一走，我生火，妈刷锅、放水，三个鸡蛋很快就在锅里翻跟斗了。听见锅里咕噜咕噜地响，我就想：要是其中有一个蛋炸开了，那就可以喝到蛋花汤。最满的一碗当然还是三弟的，我与二弟各喝小半碗也很解馋。一会儿又想到爹把腿站软了，快要眼冒昏黑时，趁暗夜手悄悄伸进口袋剥掉蛋壳，吃一个鸡蛋后又能把身杆子站直，我又想：那就三个鸡蛋一个也别炸了！

过了十几分钟，妈用筷子夹了夹蛋，说熟了，就把它捞上灶台。妈叫我上楼找块手绢包鸡蛋，她则入厅房拿那件上衣。不想只这一转身工夫，便听见妈惊叫了一声：鸡蛋就在这眨眼间少了一个！

锅里，水池里，地板上，甚至泔桶和灶膛都找遍了，连个影儿都没见。妈急了，问二弟：

"会江呢？"

"在门口玩'点瓜籽'呢。"

侧耳一听，门外的孩子果然在唱着："点啊点瓜籽，瓜子秧，栽就旺，一棵秧苗长百垄——今年瓜籽在谁手？"在那稚嫩的童腔里，有三弟的声音。

"不会是他拿的了。——你呢？"

"我没拿。"二弟一急，两只小口袋都倒翻出来，"我哪里拿了？"

因为妈还审视着他，二弟的眼圈都红了。

那年我11岁了，很懂事。再说我当时正在找手绢，这事肯定不是我干的。可是，好端端的一个鸡蛋难道就这样不翼而飞了？我脑子一闪说：

"那个鸡蛋会不会是咱家的大花猫给抱走了？"

"胡说！圆溜溜的它能抱？抱了剩下两条腿它还像人一样能竖着走？"妈很生气。

是啊，蛋给猫打破了吃掉也该留下一些痕迹吧？妈接着问二弟。二弟说也没见三弟回家过。

真是个谜了。

妈用手帕包了蛋，说："大江你快些给你爹送去——要不他连两个也吃不上！"

我飞似的奉命而去。到了大队部，游斗的队伍正要启程。我递给爹那件灰花点旧上衣，还咬住他的耳朵低声说道："口袋里有两个鸡蛋，妈说饿了吃。"我怕爹把眼睛瞪大，要我把鸡蛋拿回给两个弟弟，还没等他反应过来，我就跑开了。

我站在不远的破墙边，看那些冒冷但能得到十几个工分的人们，吆吆喝喝地押着我爹，缓缓地远去……

看不见队伍了。我缩紧脖子，让双手对插在袖筒里，慢腾腾往回走。在路上，我想象爹被游斗时的冷，还有饿，站不住了，眼前一黑就要栽倒的情形。便又想起稳稳当当放在他口袋里的两个鸡蛋。——可千万别弄丢了。鸡蛋的香味又把我诱到很远很远的地方去，并且冒出种种念想，而最好的方案莫过于我一回到家那个鸡蛋即被找到，就像杨秋婆送的鸡爪粟饼一样，妈又用菜刀把它切成三份……四份也行，妈总不能老不沾边吧……想着想着，我的步子就不由得加快了。

回到家里，家里静悄悄的，什么事也没有发生。妈抱着已熟睡的三弟，坐在火炉边打盹。二弟自尊心极强，还木然坐着睁眼冲着妈。我问妈那个鸡蛋有没有找到，妈说："又不是你不在家我的眼睛就变尖了。""可也不会是二弟拿的。"我看着深受委屈的二弟，顶了妈一句。

妈说："你烤烤火吧。"说着，还用迷迷糊糊的眼睛看了一眼二弟，好像在说：偷蛋可能性最大的还是二弟。

我让手伸近火炉，搓了搓，热了，就让手掌贴着两腮帮，很舒服。可我还是在想那个鸡蛋。在家里，不管吃什么三弟向来都享有最大的"分额"。他的营养虽亦不足，但他毕竟得天独厚，

在雨夜的叩门声里

长得胖乎乎得很可爱。炉火很热，三弟的脸蛋红扑扑的。我低头拨弄着炉火，觉得三弟真幸福。

"大哥你快看：三弟在做梦吃东西哩！"

二弟突然摇动我的肩膀叫起来。我一看，果然三弟的嘴巴在嚼动，脸上挂着笑意：酒窝一隐一现的，嘴角不停地蹦跳，整张脸满是愉悦的神色。

随着二弟的叫声，妈也睁着大眼惊异地看了三弟做在脸上的"美梦"。

三弟的"美梦"很快就在脸上消失了。妈显得有点神经质地在三弟的身上乱翻起来。三弟的挎带被拆掉，纽扣被解开。最后从里边的一件衣服的小兜子里，找到了那个失踪了快两个钟头的鸡蛋。

三弟还在睡，没有谁去惊动他。鸡蛋从妈的手上传给我，还热着呢。我递给二弟，二弟看了看又递给妈。

妈说："我刚才问你三弟，他还否认呢！"

我没再说什么。二弟似乎也松了一口气，又拿起身边的课本读了。

妈把那个鸡蛋放进菜橱，翌日早晨妈把鸡蛋给了三弟。三弟眨巴着眼，极认真地问：

"妈你什么时候又煮蛋了？"

只见两行泪从妈的眼角掉落下来。

（载《厦门文学》1990 年 9 月号）

◀ 鞋印的联想
····················

　　三天前县林业局老局长病倒住院了，局里的工作暂由庄副局长主持。下午上班前他去医院看望老局长，临走时老局长问他："那笔专款批了没有？"庄副局长说："局长，是不是你出院了才……"老局长说："时间不等人，赶快按程序把那笔款批出去。"庄副局长终于表示要把那件拖尾巴的事给结了。

　　所谓专款，指的就是市里划拨的专用于开发"特种林实验基地的八万元款项"。一个月来经他和老局长细致周密的调研后，已批掉了大部分，就剩下五千元。对此，庄副局长不由感慨起来。眼下人们消息可是灵通得很，即使区区五千元，可由乡林业站转送上来的村级申请也有厚厚的一大摞！

　　气温挺低的，庄副局长搓了搓手，开始翻阅这些申请。申请用钢笔写也有用圆珠笔写的。有的字写得像中学生一样虔诚的正楷，有的字似乎是为了掩饰某种不足写得龙飞凤舞；有的申请天南地北夸大其词，有的申请言必数据谨小慎微……真可谓五花八门。但目的只有一个，那就是能申请到款项。庄副局长吸了一支香烟，希望自己能更清醒一点。

申请翻阅好几份了，有一份申请引起了庄副局的注意。因这份申请的"与众不同"，让他感到震惊。这份申请按程序盖有村委会的公章，写了"情况属实"后又盖了乡林业站的公章。独特之处在于这份申请脏兮兮的，也不知道上面踩过几个鞋印。

按说关于以村为单位植树造林的情况他也了解不少。近期庄副局长还了解到一种比较特殊然而行之有效的造林方案。那就是由村委会规划一片林地，然后让个体承包"植树造林"，等到采伐时才按比例分成，其间村委会应大力支持承包者可能得到来自各方面的支持。庄副局长之所以想起了这些，是因为他正推测这份申请属于不属于这种情况。从申请上踩了脏兮兮的鞋印看，他基本上能确定这一点。

庄副局长推测：这份申请大概由一个姑娘代笔——她可能写过类似的申请，但又不曾一次能够让它变成钱。她在写完这份申请时觉得可能又是白费工夫，于是把它扔在地板上踩了一脚；过了片刻，要她代笔的人进来了，不小心又踩了它一脚，这才把它拾起来折好放进信封里。

庄副局长接着推测：这份申请也可能因承包者四处碰壁，到处求爷爷告奶奶才侥幸地盖了两枚公章，他回家后叫苦连天，横竖拿老婆孩子出气，惹火了的老婆把它扔到门外去，还追上去踩了它几脚……

总之，这是一份敢冒天下之大不韪的申请。照理说它应该重抄一份，重新履行手续。但可能是因为获得它的难度太大抱有无望的态度，就成了眼下这个样子。

庄副局长似乎淡淡地对它笑了笑。然后他拿起笔来，在它的右下角的空白处写道：

准。庄成 × 年 × 月 × 日。

因为那份申请的空白处也无可幸免地被泥沙磕出不少洞眼，所以他的钢笔在上面写过去时，就像汽车走在坑坑洼洼的路面上一样。

（载《福建日报》1994 年 6 月 19 日文艺副刊）

◀ 白云在飞

一

　　几年以后，席非对此刻坐在自己面前这个瘦小的老头子充满了敬意和感激，因为这个不起眼的老头子造就了一个非凡的男人，而这个男人正是她的丈夫骆在秦。骆在秦的身材并不高大，学历不高，社交低调，就连工资也与席非相差无几，站在男人堆里他一点都不显眼。可就是这样一个男人，却赢得了不少姑娘对他的倾心。席非也是其中之一。骆在秦有点事不关己地躲在一边，让几个姑娘为他较着心劲、为他横刀拍马拼力厮杀。最后胜出的竟是明显弱势的席非，这叫大摆战阵的几个姑娘既愤愤不平又百思不得其解。

　　骆在秦的老家在东城文水胡同。骆在秦的老家没有别的人了，只有一个死活不肯离开文水胡同的爹。席非以百折不挠的精神基本弄清了个中底细后，在别的姑娘浓妆淡抹巧装扮、意欲打动骆在秦那颗心的时候，席非提着礼包从竞州来到东城，悄悄地走进已经毫无生气可言的文水胡同 47 号。

家里很冷清,一个做钟点工的中年女人刚走。老头子坐在小凳上有一口没一口地抽着烟。席非把礼包放在桌上,自己倒水喝。老头子生得瘦小,但看得出精气神还挺足。家里突然出现这么一个年轻姑娘,来意他应该明白才对。大概老头子不怎么跟外界接触,丝毫没有表现出一点待客的样子。"大伯,我这次是来相亲的,要是您老人家同意的话,我就打算嫁给你家在秦了。"席非明白这胡同是自己走进来的,退却就意味着她白来这一趟了,想说的话还是开门见山的好。但席非说完这句话便意识到自己的荒唐,相亲肯定是要由骆在秦陪着来的,哪有她这样自报家门的道理。"在秦也太过分了太不像话了,这么大的事竟让你一个人来!"老头子指着电话机说,"你给在秦打个电话,看我怎样骂他!"

老头子一句话就让席非领教其厉害之处,她硬着头皮往竞州打电话说:"在秦,我这会儿就在你家里。""你怎么会——在我家里?"骆在秦一时间反应不过来。席非说:"此刻我就在东城文水胡同 47 号。"骆在秦急了:"你等等,我马上就赶回去!"席非对老头子说:"大伯,在秦他一会儿就回家了。"

席非打完电话,就感到自己正在接受时间的审判。

竞州到东城有一个钟头的车程。一个半钟头后,风风火火的骆在秦已经赶了回来。回到家里,映入眼帘的那个镜头对骆在秦无疑是一个巨大的震动:在那道破旧灰败的家门里,一个充满青春亮丽气息的姑娘正在焦急而又小心翼翼地等着他回来。

骆在秦一进家门,老头子便以不容商量的口吻说:"姑娘你先到屋外去走走。"

席非听话走出门去。因为是非常时刻，席非走十几步后便放轻脚步返身折回，后背紧靠贴近门框的外墙，支棱着耳朵听见老头子对骆在秦说："姑娘可是主动把身家性命押在你身上的，天底下情分莫过于此，你自己要拿定主意。"

老头子话音一落，席非赶快往外走开，果然走不了几十步骆在秦已经追了上来。

席非对追上来的骆在秦说："你爹不是有话要对你说吗？"

"说了，他要我拿定主意。"

席非说："这些天我一直想到你老家来看看。"

骆在秦不得不承认说："不管她们有多少优势，可就是有一点不如你。"

"哪一点？"

"用心良苦呀！"

"知道就好，"席非说，"日后你可不许你辜负我！"

二

三年以后，也就是儿子骆可周岁的时候，骆在秦离开荆棘鸟制衣厂。这时候的席非已是专职家庭妇女。

骆在秦带席非和儿子骆可回东城了。

说实话这三年来骆在秦的表现一如既往平平淡淡，并没有什么特别之处。但席非已经心满意足。席非顺利和骆在秦结了婚，平安生下儿子骆可，日子过得波澜不惊，平平静静。席非以欣赏的目光看着骆在秦避重就轻处理人际关系，不费吹灰之力就把一个小家庭庇护于他的那双翅膀之下。席非常常为此幸福得浑身布满热流。不少女人身处其中却不懂得珍惜，只有失去时才回味流泪。这也是席非有别于其他女人的长处之一。对于一个家庭而言，席非的心态起了外人所看不见的作用。她安之若素，等于给足了骆在秦寻找和等待时机出现的时间；最重要的一点是，席非她时刻都能感到骆在秦在内心深处说谢天谢地娶对了席非这个女人。

憋了三年的骆在秦终于作出决定：回东城。

席非再度表现出她的非凡之处。她把骆可举在空中，用脸颊蹭着儿子的小腹肚：呵，可可，我们要回老家了！她就像要回娘家一样，她和儿子的脸上都绽放出开心灿烂的笑容。

实际上破旧灰败的东城文水胡同 47 号有什么好回的。但席非确信骆在秦不会轻易作出这样一个决定。

回到文水胡同 47 号，席非发现爹的床早已摆放在一楼，腾出二楼给小两口和孙子享用。席非坚决不同意。老人家说："我骨头硬了懒得爬楼梯了，年纪大了也想多呼吸一点地气；再说一楼潮湿对可可长身体不好。"老人家说得句句是理，席非便不再坚持。几天下来，席非发现爹是一个特别可亲可敬的老人。老人家没有老人的种种恶习。他起得早，先把自身收拾得干干净净，再把一楼和厨房收拾得干干净净。老人家对孙子骆可呵护备至，但绝非那种纵容的疼爱。在夜里吹枕边风的时候，席非对骆在秦说："爹是一个真正当得起父亲、祖父的人。"骆在秦说："我爹这辈子是极其不容易的。以前我都不知道怎么去孝敬他，现在有了你我就称心多了。"

三

回到东城不到一个月，骆在秦开始令人刮目相看，至少令席非刮目相看。

回东城一个月内，首先是鲍贵变卖了竞州荆棘鸟制衣厂，巴巴地赶到东城，把50万元交在骆在秦的手上。席非赶快把鲍贵拉到一边说："鲍总你疯了，好好的一家制衣厂，怎么变卖了呢，多可惜啊！"鲍贵说："什么鲍总，当初我和在秦私下约定，我垫资他出脑子经营制衣厂，没想到期限一到他就开溜，也太不够朋友了。他这一甩手不干，我也没劲经营制衣厂了，变卖了，提50万过来股份在秦要干的事。"席非说："我说鲍总你呀，你连在秦想干什么都没有弄清楚就股份，把钱扔了你可别后悔！"鲍贵说："不管在秦干什么，我都要股份。不但要股份，我还要和他一起干。"席非笑了："你这个人怎就这么贪呢，非当在秦的顶头上司不可！"鲍贵有点难为情说："算了，我也想通了，这回我就不当什么老总了，我就是给在秦提包也行。"

姚丽的出现让席非有点措手不及。

姚丽是席非婚前最有实力的竞争对手。姚丽漂亮、泼辣，满脑子的市场经济。要不是席非多了一个心眼，此刻在秦的妻子就是姚丽而不是她席非了。姚丽也是提了50万块钱，私下到东城找骆在秦股份的。本来姚丽用不着和席非打交道，但她提出要单独和席非见一面。骆在秦说："见面好啊，但你跟席非可别耍什么心眼。"姚丽说："你放心好了，席非对付你用温柔一剑，对付我她会用小李飞刀的。再说我不是有50万元押在你手上吗，你怕什么怕？"骆在秦自言自语说："真是的，女人都这么厉害。"

见面时姚丽单刀直入说："席非，我能不能请教你一个问题？"席非笑道："我没有什么不可以告诉你的。"姚丽说："三年前你是用了什么绝招把在秦搞到手的？"席非说："这么说吧，又俊又能干、敢于独当一面我不如你姚丽；能得到男人百般爱怜的是天姿国色的单小蝉；边媛是大家闺秀，天生的高贵气质，一般姑娘在她面前用不着比就怯下阵来。"姚丽说："谁要你标榜别人，今天我要你老实交代的是你自己的狡猾手段！"席非说了自己三年前"私访文水胡同47号"的经过。姚丽说："难怪败下阵来，我们都太小看了你这个灰姑娘了。"席非说："事后在秦也夸我多了个心眼。"姚丽说："席非我今天必须在你面前说掏心话，我嫁的那口子现在是挺有钱的，可他干什么事都好像在半空中飘着，叫人放心不下。我想为自己留条后路，悄悄地提了50万的私房钱过来股份，嫁是嫁不成在秦了，可赖在他身上发点财总可以吧？"席非说："生意上的加盟是你们信得过在秦，关我什么事！"姚丽说："等日后分红才说在秦对我偏袒，那你可就晚了。"席非说："你和鲍贵都像吃错了药似的，就不怕在秦把生意做泡汤？"姚丽说："我姚丽难道会看走眼？！"

姚丽走后，席非打电话对骆在秦说："在秦，要不是姚丽想见我的话，你会告诉我姚丽来找过你吗？"

骆在秦说："不会。"

"为什么？"

骆在秦说："姚丽没有告诉你吧，她离婚了，股份的50万是她的全部财产，这种信任太叫人沉重了，我觉得还是不告诉你比较好，省得你多心。"

四

骆在秦回东城的处女作就是大手笔。一年五个月后，高贵豪华的"金葵花园"落成之时，28 幢 1344 套单元房基本销售一空。骆在秦一跃成了东城行情最为看好的房地产开发商。就在这时候，席非住进东城医院，检查的结果是肝癌晚期。

不几天工夫，席非就像一件单薄的衣服萎落在病床上：一个青春亮丽的女人转瞬之间形销骨立，暗绿灰败的脸色令人揪心。席非病情的恶化快得出人意料，痛楚和虚弱使得她就像透过云层的一缕青烟，天地间的一切都在移动、飞翔，棉絮一样的云团在她身边呼呼地飘飞。

一边是辉煌夺目的"金葵花园"，一边是气如游丝的妻子，骆在秦坐在病床前抓住席非的手，泪如雨下。席非太聪明了，医院和家属根本瞒不了她的病情。趁着自己神志还清楚，席非对骆在秦说："在秦，我死后你就跟姚丽结婚吧。你知道吗，她的前前后后可全都是为了你。"骆在秦说："我真服了你，你居然会这样想。"席非说："在秦，请你告诉我，我第一次到你家，爹除了要你拿定主意，还对你说些什么？"骆在秦说："爹说在秦啊，你知道吗，这姑娘是来掏你心窝的。我当时不明白爹说这话是什么意思。爹接着说你是天底下最难得的姑娘，只可惜寿命不永。"席非说："难怪你和爹都对我这么好，几年时间就让我把别人一辈子的福享尽了。"

（载《文学港》双月刊 2008 年第一期）

◀ 外姥爷

记得读初小时我才七岁，瘦小，衣衫零乱不整，寒碜自是没的说。有一天，爹像往日一样冲我皱了皱眉头，说：

"播对，别读了，爹带你到外姥爷家住些天。"

一听爹要带我到外姥爷家，便把书包扔了。学校、老师、同学，一下子被抛到脑后。每天在课堂一节课没上完，肚子便空得揭了根底，黑板就会像一只胖鹅，在我发蒙的视野里颠来摆去。当时我念书不过是过个形式，体会饥饿滋味，才是最真切的体验。

外姥爷家在四十里外的蒲头溪。外姥爷是妈在娘家时应叫她姥姥的，奇怪的是却要我叫她外姥爷。那年头，亲朋好友差不多走遍了，外姥爷家我还没去过。

外姥爷九十多岁了，整天枯坐着，极少言语。我和爹站在她面前，她甚至连眼皮都没有抬起，就当无关身外事一样。爹只好替我轻叫了一声"外姥爷"，也不管她有否回应，叫了就算礼节过了。我却要迟疑一些，笃定地打量了她大半天。

就这样，我要在外姥爷家住下一段日子了。

我一直没有搞清外姥爷的后代到底有多少。只觉得在外姥爷面前走动的人众，多得我难以记清他们的脸孔。即使我在外姥爷家住下一个月，也不敢保证每一个人我都见过面。只是过了几天，我就和外姥爷家的第四代人连成一片了。尺七儿、瓣花、永智、陆绿、景远、兜个……我差不多可以接二连三叫出他们的名字。在这帮孩子里，可说嬉乐不尽，同时纠纷也多，但我却不曾一次在爹的面前表露出想家的念头。

这期间，我爹勤勉做事，几乎就是外姥爷家一员。我和一大帮孩子厮混在一起，有时会像水一样哗啦从院子里倾泻出去，散到四处去游荡；有时会像收网兜一样聚拢在院子里，很激烈很出格地闹腾。然而只要玩到外姥爷面前，孩子们便立马敛声、一个个蹑手蹑脚在她面前走过去。有一次我落在最后，外姥爷蓦地出声，把我叫住了：

"展赞家的播对，停下来和我说句话。"

做客好些天了，第一次看见外姥爷开口。外姥爷的声音苍老而温蔼。她冷不丁开口，把我给吓住了。孩子们个个开溜，竟没有一个肯留下来陪我。

我当时想：外姥爷她还知道我是展赞家的播对呢。也不知道她要和我说句什么话呢。

"播对你告诉我，妈还喂鸡吗？"

"喂的。家里有三只母鸡，老得屁股头都掉光毛了，就是懂得下蛋。下了蛋，还叫个不停。"

外姥爷听着，脸容在颤悠悠中舒展开了。我站在那儿，讶异地看到她又缓缓地回复原来的样子，这才慌忙跑开去。

走下院子，尺七儿正趴在花坛边朝我眨眼儿。我对他说："外姥爷叫住我了。""唉，外姥爷！"尺七儿就像大人般的感慨，帮我叹了一口气。

这一天，我和尺七儿是约好了的，要耍跳间，来输赢关在火柴盒里的那只知了。我俩在院子里画了间，尺七儿不由分说便跃起独脚鸡，踢碎瓦片直取"堡楼"。可他躁急着摆荡了身杆子，很快便踩线败下阵来。我沉住气，扎实弹跳着踢去，尺七儿料定要输，先自心慌了，把火柴盒丢在地上用脚猛踩，火柴盒里的知了不用说被踩烂了。

我见状，登时懵了。

尺七儿这么干了之后，也就蹲下来窘着，不知如何是好。

过了好半天，尺七儿轻声说：

"坏了，太奶奶叫我了。"

"我怎么没听见？"我瞪了尺七儿一眼，暗自嘀咕道，"信你是小狗！"

我如此忖度着跟尺七儿上了厅堂。外姥爷仍旧枯坐着，看不出她什么时候叫过尺七儿。

"太奶奶。"尺七儿神色畏避，敛声说。

外姥爷说："尺七儿，该打手、该打脚？"

尺七儿怨怼地望了我一眼。

外姥爷接着说："要让播对说，他可不想为难你。"

尺七儿站着没动。那一刻，我感到外姥爷似乎还有一只看不见的眼睛。

"去，都玩去。"

得到外姥爷的允准，我和尺七儿这才离开厅堂。两个小孩一口气跑了半里地，抱膝坐在溪岸的草坪上，一时间都不说话。

记得一次，爹对大表爷说："外姥爷这样静坐着很少说话，已经有好几年了吧？"

大表爷说："她这样坐着，心里踏实得很。只是别想有什么事能瞒住她。"

不晓得为什么，我当时是一有机会便一眼不眨地凝望着外姥爷。现在回忆起来，外姥爷的脸庞略长，鼻梁因年老有点扭曲。只有那双差不多昏黄混沌了的眼睛，像两颗平放的谷子。别的一点也看不出有什么超乎寻常之处。

在家里，妈总爱反复渲染关于外姥爷的故事。妈说，现在的外姥爷并非第一个外姥爷。第一个外姥爷年轻时长得可谓美妙绝伦。后来有一支溃逃的队伍路过蒲头溪，长官见了我的第一个外姥爷后，他就觉得应该在蒲头溪留一宿了。这天夜里，长官仗着还有几杆破枪，强行要了我的第一个外姥爷，没想到第一个外姥爷性情刚烈，当即让自己陈尸床上。被惊动的长官夫人目睹了那一场景，当时也没什么话说，只是轻抿双唇，恬静地看了昏死在地上我那外太爷一眼。

隔天，溃逃的队伍就又开拔了。

想不到的是，三天后的大早就有人来叩门了。我那奄奄一息的外太爷开门一看，不禁惊讶到了不可复加：

门外竟站着那位长官夫人。

她对我的外太爷儿说："那个人作孽太深了，就用我偿还你吧！"

我那外太爷一听，不傻乎过去才怪呢！

"我神不知鬼不觉走了回头路。是我自己拿的主意。"长官夫人接着说。

就这样，这个离开威恶丈夫的女人，丢了富贵，留了下来，当了我的外姥爷第二。

在外姥爷家已住一段日子了。有一天爹对我说："播对，我们当客人已一月有余，该回家了。"

我于是和爹像刚来时一样，又在外姥爷面前停留片刻。爹开口说："外姥爷，我和播对要回去了。"她一如往常枯坐着，只打个手势让我靠近些，摸一把我的腮帮，告辞的礼节就算过了。

我和爹可以走了。

外姥爷死于公元一九七二年旧历三月一个有莺啼的凌晨。享年一百零二。

（《南方》1994 年第三期）

◀ 送 礼

　　年终村委会刚结束，村委主任德北便要通讯员小林给安二娘送去一份礼物。小林接过礼物掂量着，心思道：村委会唯一的这份礼物，凭什么要送给快嘴安二娘？

　　礼物是红包120元和一张轮椅。

　　礼物送到安二娘手上，她更是一愣："我没有为村里做什么贡献，还和村领导吵过几次嘴，年底反倒送给我这份礼物，到底是什么意思？"安二娘的脑子愈转愈觉得难以踏实，便急匆匆找村委主任德北去了。德北就站在村中那块晒谷场上，正和身边数十个男女聊着什么。还有十几步远，安二娘便嚷道："村长，村里给我送这礼物是什么意思？"

　　村委主任德北说："安二娘你真健忘！秋初村要建养猪场，我跟你安二娘商量那块旧房地，你第一说地不让，第二说村里的领导总吹牛，要是秋天到年底就能把个养猪场建成，你安二娘就是倒贴红包也要当轮椅让我坐着转悠。我当时就说一言为定，可眼见后天就要过春节了，养猪场还要半个月才建得完，现如今这赌我输了，我不送你这份礼物怎么成？"

场上一个小伙子抢着接茬道："这怎么能怪村里的领导！要不是安二娘你不肯让地，我们村还用得着多建那道堤坝？大把花钱不说，还拖了时间，要不养猪场早建成了！"

好你个德北，原来是当着这么多人的面要寒碜我！安二娘心里恨恨的，一边嚷道："这么说我安二娘是个挡路虎了？我一个妇道人家懂什么？哪里知道挪个地方就要多建道堤坝、要拖时间，还多出那样的花费？"

场上又一个说："谁不知道建那道堤坝对安二娘你家那两亩水田最有利？今天村长还送你一份厚礼，连我都觉得村长太偏心了！"

村委主任德北连忙说："都是我们村的事业，不能说对谁有利对谁无利。即使不建养猪场，开春村里也计划把那道堤坝建起来。"

安二娘虽然在内心上并没有打那样的算盘，但建了堤坝，那两亩水田从此旱涝保收，的确对自家有利。她觉得发窘，于是开口辩白道："我那时是赌气话，谁叫村长当真了？"说完，便悻悻地转身离开了大家。

村里这几年顺心事不少，有了十几座瓦砖窑，一家饲料加工厂以后，眼见养猪场也将建成，又传出小道消息说要建一幢大楼当老年俱乐部，地点还是安二娘家那块旧房地周围最为合适。大概消息不假吧，春节后几天，安二娘远远地总望见村委主任德北背着手在那儿转悠，愁眉苦脸唉声叹气的。四五天以后，安二娘终于朝他迎了上去。没想到德北一见到她，竟转身想走，安二娘大声叫道：

"村长，你难道怕我吃了你不成？"

村委主任德北站住了，但他还是无话可说的样子。

安二娘说："村长，你别假惺惺的好不好？难道我安二娘还会不晓得你的心思！毕竟我年纪也大了，建个老人俱乐部让大家老有去处乐一乐，我双手赞成！你别以为我还会因为那块旧房地再为难你，休想再让你把我给看扁了！"

德北连忙转过身来："安二娘你是说真的？"

"我知道，我家那块旧房地村里要不建出个名堂来，我就是哪一天也别想睡安稳觉。"安二娘丢下这句话，便急匆匆地走了。

谁说安二娘不好说话？德北转身召开村委会去了。

（载《福建日报》1995 年 3 月 2 日文艺副刊）

◀ 丁帽儿
·····················

丁帽儿，五十开外男人，为东城著名裁缝。此公男才女貌，眼大而柔有光，声轻而软有韵，十指葱白绵长，不论场合，但见靓女，趋前则肩三抄指，胸两抄指，依势滑溜而下，及至靓女惊乍欲威，身长肩宽与"三围"已被捉摸完毕："这么好的人才身段，穿一套XX装，肯定会倾倒东城公等！"

只待靓女怒气稍顿当儿，又听见丁氏说："马的鞍人的装，这不分明埋没人才了嘛！三天后你来取衣服！"靓女推说身边并不带钱或布料，丁氏说："何妨！取衣服时合意再付钱不迟！"

几天后靓女前来试装，果然大添平生精彩颜色。自此后即使小至裤衩肚兜儿一应衣事，也均由丁氏包制，终生不再易人。

某女为东城佳丽，一天由先生作陪，慕名光顾丁府。丁氏一见之下不能自己，不曾搭话已将故技操作一遍。佳丽身边的先生见状怒极挥拳，佳丽用身挡住丁氏，说："师傅可别耽误我后天取货！"丁氏唯唯称是。

第三天佳丽独个儿翩然而至，衣裙上身果然仪态万方，有飘然欲仙之感，不禁大悦。丁氏却若有所失，说："如穿绛紫色呢旗袍，东城谁可匹敌！"佳丽质问："那你何以制衣裙蒙我！"丁氏说："当时你先生拳猛如虎，我方寸既乱尺度拿捏不准，岂可妄而为之！"

"此刻人就在眼前，师傅何妨丈量个够！"佳丽挺身而出，眉眼间流露的自是果敢的期待。丁氏于是轻拢慢捻，细腻到了极致。过后不久，该佳丽便有了一件绛紫色呢旗袍上身：果然斯人有装，不用说艳压群芳，轰动了东城。

自此后但有靓女佳丽要丁氏制衣者，均悄然而至，衣成品出，必得风流。亦因之丁氏戴有"色魔"帽一顶。可话说回来也难怪，谁叫丁氏对丑女或男性服装，偏生一件也没能裁好？

（载《春风》1997年11月号）

◀ 香 芸

········

　　香芸没有应约去教务处，她在单人宿舍里坐着，这样教务处长姜申便进来了。姜申说：香芸，这次我给你争了个省级优秀教师名额。香芸说：我不用争，我够这个格。姜申说：全市够这个格的有百来人，就我们县一中，也有好几个。香芸说：所以你费了九牛二虎之力，表功来了。姜申说：看来我是狗咬耗子多管闲事了。香芸见姜申不悦站起来，借坡下驴说：处长走好，别跌跤了，四十大几的人了，要防个脑血栓、心肌梗死什么的。姜申说：你这个臭丫头心毒，相信好事来了也会离开你的。

　　戴眼镜的丁中来的时候，天就要黑了。丁中说：是不是刚才有人来过？香芸说：你的狗鼻子挺灵的。丁中说：是不是姜处长？香芸说，反正逃不出你们这些狗屁男人。丁中说：妈的，肯定是那个色魔淫棍。香芸说：那你可以告诉我光临本宿舍的目的吗？丁中说：话不投机半句多，告辞！望着眼镜丁中摆扭着离去的方臀，香芸骂道：扭什么扭，白痴！

香芸正要关灯闭门出去走走，略作迟疑，邱相湘便挤进门说：快报快报。香芸说：花雀，我知道你又要鼓捣什么七七八八的了。邱相湘说：这个消息可是传你的，咱好姐妹什么时候都该肝胆相照了对不对？香芸说：那你就免开尊口。邱相湘说：有人在嘀咕你一头和眼镜丁中谈恋爱，一头和姜处长搞暧昧。香芸说：不就是鸡零狗碎的一些人吗？邱相湘说：你不介意就好，我要去吃大排档了。香芸说：最近你家老严怎么样，有没有背着你在背后乱搞女人？邱相湘回头说：管你自己的吧。

半个月后，香芸知道自己被刷了。邱相湘顶了她当上省优秀教师。

我的教绩无可非议。香芸想，难道是自己的生活作风真的出了问题？

秀发飘逸，肌肤润泽，面貌姣好，身材苗条。香芸坐在镜子前呆想，虚幻地给自己撰写了这样的广告词。然后她在脑海里若有若无掠过这样的疑问：如此姿色是为人师表好呢，还是当三陪女郎好？说不定单调为人师表的底下更见处处履险，而当个三陪女郎放浪点却理所当然。香芸为自己突然有这种想法吃惊得有如噩梦初醒。

在多半天时间里，香芸飘飘的思绪不着边际。直到上课预备铃响，她才匆匆举步向教室走去。也未见得教室里就绿野春光，但香芸还是觉得自己处于半迷离的思想不知不觉便进入调整振作状态，端庄立即涌上体表。只是今天班级里有点异样，两个男生侧身而坐，正在怒目相向，并不理会她"师道尊严"的到来。

香芸手捧教科书，问道：纪宏、苟良你俩怎么了？男生纪宏说苟良骂我和女同学乱搞关系，我真搞不懂他胡说这话是什么意思。男生纪宏说的时候脸色羞赧，但嘴角却挂着嬉弄人那种笑意。香芸顿觉心中有气。男生苟良说：老师，我说的是事实，要不你听——男生苟良紧接着便扯嗓门朗诵了起来：

阿玲在雾中走着

你是个柔顺得像团绵羊的好女孩

晓得你就像你不晓得我有一双

毒得像日头的眼神

只祈祷你别回过头来——

我那雾里的阿玲……

老师，这是纪宏写的一首爱情诗，是写给隔班那个靓女阿玲的。

男生纪宏和苟良简直就像在一唱一和，全班同学在静等老师会作何反应。香芸不再理会他俩，开始义正辞严地讲课。不一刻整个教室便被她特有的教学情景所囊括。男女生们不管在听或走神，反正个个坐好。四十五分钟的课过得很快。这是下午最后一节课，和往日一样平常。但临放学时，香芸突然宣布：纪宏同学留下，其他同学放学回家。

香芸坐在讲台桌旁，打开作业本批改起来。肇事者苟良见自己被老师疏忽反而无事，赶紧拎了书包溜号。男生纪宏没有离开座位，低下头去准备挨批。可等了半天也没有动静。他抬头看见老师专注批改作业的神态，根本把他给忘了。熬过一个多钟头后，男生纪宏说：老师你什么意思，让我莫名其妙傻等着？香芸头也不抬说行了。男生纪宏说，老师你今天脸色不好，别忘了去看医生。香芸说：我就知道肯定是你没事爱瞎掰——算了，你也回家去吧。

回到宿舍，香芸发现写字台上放着三朵郁金香。到底是自己忘了把门带上，还是有谁配了把她宿舍的钥匙？要不大白天谁有爬窗的勇气？香芸也不开灯，坐下来静静待着，一待就是几个钟头。黑暗漫无边际的，教务处长姜申像幽灵一样来到她身边。香芸说，是你送的郁金香吗？姜申在黑暗中摸索了一阵，抓住她的手。香芸说：别忘了你有美丽贤惠的老婆。姜申说：可我就是喜欢你，爱你。香芸说：几个钟头前，有人议论说我拥有学校"保密"室的钥匙，我过去的教学成绩都是偷来的。姜申说我没有办法去堵他们的嘴。香芸说：可你应该明白你的手这会儿正在干什么。姜申说：在黑暗中也能证明吗？香芸说：你对异性的身体太熟悉了，难道你不感到自己像贼一样心虚？姜申说我现在的感觉真好。这样的感觉，我以前无论如何也体会不到。香芸说：我告诉你，我听到有人正在朝这儿走过来的脚步声。姜申说：我也听到了。脚步声愈来愈响，一直到门前才停止。来人举手敲门时，才发现门是打开的，只是屋里灌满了黑暗。有人吗？屋里当然没有任何动静。来人说太大意了，人不在也没有把门锁上。说着他伸手把门拉闭，然后转身离去。香芸说眼镜丁中永远都只有到门口的勇气。姜申说，可我要是没有登门入室，就干什么都难受。香芸说：你不怕我恨你入骨，你永远也得不到饶恕？姜申说：我拿自己没办法，你要恨就恨吧。

　　宿舍的灯就在这时候突然亮了起来。香芸望着姜申讪讪离去的背影笑道：看来贼没有不怕光的……

　　（载《佛山文艺》1997年增刊）

◀ 农家一本账簿

· ·

　　夏季双抢刚结束，刘本大叔的儿子刘潮便执意要到外出打工。刘本大叔不赞成。原因是家里种有近5亩水稻、百余棵柚子，还养有一头即将下仔的母牛、7头猪、30多只长毛兔。虽然老两口的身体还结实，毕竟缺少人手。但儿子刘潮自个拿主意，还是头不回走了。

　　如此一来，刘本大叔老两口的日子也就显得片刻也不消停了。既赶早贪黑，各种活计又需穿插兼顾，半点马虎不得。上山放牛割草，给果树除草松土时捎带割猪菜。赶季节忙不过来时，只好掏钱雇工。先前累了，或身体不舒服，只要躺一躺歇一歇，事就过去了。眼下动辄吃药打针，只怕生病了，就全乱套了。老两口清楚，堆山似的活计，岂容谁病倒。所幸这5个多月时间，老两口总算硬生生地挺过来了。

　　时至年底儿子刘潮回家过春节，踏入家门便大咧咧向刘本太叔交上他挣下的钱。

刘本大叔点了半天，才说："潮儿，3000多元，的确不算少了。只是这钱不必上交了，你爹妈年纪都大了，想撂担子啦！"然后他提高音量叫道，"他妈，拿本子过来移交！"

什么本子？儿子刘潮木讷地接过本子，一时间吃不透父母葫芦装的是什么药。

刘潮定下神来看了半天，所谓的本子，其实就是下半年来有关收入支出的、根根须须鸡毛蒜皮都记的一本"明细账"。最后一页是统计，写道：

收入部分：打谷子4650斤，折合现价3720元；摘柚子1360粒共5100斤，卖得12700元；养小牛一头已壮，值600元；猪7头，肉重1200斤，卖得7200元；剪兔毛5次12.5斤，卖得600元……合计25600元。

支出部分：种子40斤32元；农药化肥1685元；猪苗1605元；猪饲料730元；雇短工78工日936元；医药费174元；红白事应付120元；日常衣、食、用及电费等2145元……合计7387元。

1994年下半年家庭收支结余18213元正。

儿子刘潮还没有看完账簿，脸色就开始难以形容，内心嘀咕着父母在摆什么谱，须知他踏入家门后，连一口水也还没顾上喝！

"潮儿，不是我成心要教训你，也不是我不看重钱财，米粮重要哩！这道理我说了你也体会不深。"刘本大叔说，"何况农家人时时刻刻都要赶季节。你出门在外，要是有什么急的，要是你爹你妈有什么三长两短，那亏的我可就算不出来了……"

儿子刘潮给气憋了半天，终于打断老头子的话头说："干嘛拐弯抹角的，直说不就得了！"说罢便自己去倒水喝。

刘本大叔见儿子还是轻重不分，老婆子站在旁边干急，也不知道该心疼老的还是小的好，竟转身抹泪去了。

（载《福建日报》1995．5．21）

◀ 雾月星辰

. . . .

一

　　那是江面上雾雨霏霏的一天。在萧羹的意识空间里，他最近购置的、既新鲜而又陈旧的这座小楼里，他痴痴站立，望向江面上的雾雨目光凄迷——他想起那个女人——想起与这座望江小楼相关的那个女人——一个他从未谋面的女人。他想象那个女人肯定是婀娜多姿的，却因为长年处于哀怨之中而一切深蕴不露：她放任内心的我行我素，以至于被命运拨弄了她也不知道；这一天萧羹多次望向雾雨江流，每一次都幻觉那个女人正从对岸登上摆渡小船，举一把青色小伞，眼望小楼轻轻地飘浪而来：

　　江风拂动她的秀发，清瘦俊秀的脸庞在雾雨中闪亮，在迷茫的叹息声中隐现她的一种期待。然后她迟疑了一下，撩起长裙登上石阶，回到了这座望江小楼。——只是这小楼里已物是人非，女人羞赧无状，于是转身便要离去。萧羹说：你故地重游，何妨坐会儿。

在夏季雾雨霏霏的这一天，萧羹如此作想，背着手在面积有限的客厅里不停地来回走，寻思那个尚无缘谋一面的女人。

因为离婚，那个女人不得不抛售这座望江小楼以资抵债。也因为离婚，萧美撇清了身外一切而空无他物，——却于此时他一幅在"精英画苑"参展的画作被拍卖，恰好足够购置这座小楼的费用。

在这幅题为《逗乐》画作中，一个骨瘦如柴的老人匍匐地上，手持枯木逗弄他身畔的一只青蛙：老人的脸上露出一种让人一见之下便有彻骨寒意袭上心的笑，——那是一种令人难堪的贼笑。意识到这种笑，萧羹看见自己正置身于这座暮霭深沉而又宁静攸归的望江小楼里。

上了渡口的石阶，便是一小块分开东西走向的场地。院子是由场地再上几级石阶后的一块平台；客厅是院子再上几级石阶后的一块平台；楼房是客厅再上几级石阶后的又一块平台。客厅右侧是厨房，左侧是洗澡间。

前任楼主也许是有保留的意图。室内摆设一应如旧，一件也没有带走。在内心上萧羹也乐于省得添置，反正一切沿用适宜，他不止一次认为这座望江小楼实际上仅和那个女人相关，室内到处都可以感到那个女人触摸过留下手泽的芳香。而他萧羹只不过是一个意欲占据这座望江小楼的不速之客罢了。

许多天后，萧羹在客厅挥毫作画。他的目光不停望向江面——实际上他此刻的目光是物外的，并没有真切所见，只有手中的画笔在不停地涂涂抹抹。其时是下午三点，锁上的院门被咔嚓打开——那个女人终于来了。身边还有一个小男孩。打开院门的那一刻，那个女人暗叫一声糟糕说：

你连锁都没有换一把，也难怪我进得来了。

萧羹没有停止作画，甚至连目光也没有抬起。不知道为什么他突然有一种担心自己看清那个女人后的情怀。这样他便听见那个女人接着说：

阿昆，你看伯伯画画，妈去冲一下热水澡。

说罢那个女人便只管到澡间冲她的热水澡去了。萧羹放下画笔，盘腿坐在地板上，摸到地上一个没有烧完的烟头再次点上，吸了起来。

伯伯，船上拿伞的阿姨是谁？是不是我妈妈？这屋顶是不是画我姥姥家的？

小男孩阿昆指着女人和对岸那道褐色的屋顶说。

我还没有找到表现雾雨效果的方法。萧羹这样想着，没有答复小男孩。他把宣纸拉下地板，目光落在画上没有声响。小男孩学他的样子盘坐在地上，也不管他的反应如何，一张小脸露出顾自欣赏的神情。

女人从澡间出来时裹的是他那条既长又大的浴巾。这条浴巾差不多把她的身体裹了个密不透风，因为缠得太紧的缘故，她的身体有几度扭曲之状。

她一边叨咕着，一边登上楼房他的卧室去了。等那个女人下楼的时候，看得出她甚至连内衣裤也是穿他萧羹的。

今天我真是喝浑汤了，洗完澡才晓得自己没带替换的衣服……

穿了男装的女人，叹一口气接着说：阿昆，我们还是快点儿走吧，妈妈今天当贼了……

萧羹一直没有接茬，那个女人也就自始至终都在自言自语。她闯进一个素不相识的男人家里冲热水澡，闯进男人的卧室，穿走从内至外的一整套男装。——这个女人一经穿上他萧羹颜色趋暗、阔大宽松的男装，她的容貌居然在霎时间那样飘逸地生动起来。

望着母子俩离去的背影，怔怔出神的萧羹始终没有出声。不久后他的走神被颠跑着回来的小男孩阿昆打破了：

伯伯，我妈要我回来告诉你：我叫薛昆，我妈叫薛红柳。

很快小男孩阿昆便又转身离去：伯伯再见。我们走了。

半个钟头后，萧羹到澡间看了看，那个女人丢在墙角的衣服就像一团抹布。他只好去厨房取火剪，把脏衣服夹进水池里浸泡。

一

画家姚敬到竞州举办个展，特地来电丰浦，要萧羹前去捧场。和姚敬的私谊尚浅，与其画风也对不上胃口，却发来这样的邀请，萧羹盘腿坐在地上，把头低下去。

那个女人又打开院门进来了。第一次让萧羹注意到这个女人到来的时间总是在下午 3 点钟左右。

这一次她拎了个布包，先上萧羹的卧室，回头再到澡间去。

萧羹听见这个女人将热水器的喷水量开到最大。萧羹坐挨过片刻上卧室，看见曾被那个女人穿走的衣服，此刻已整齐叠放在床上。——原则上萧羹已不再把这套衣服当回事了。一套能使女人穿出极致的男装，穿在男人的身上恐怕再也找不到散漫轻松的随意。

萧羹下楼后给自己泡了一杯乌龙茶，便又盘腿坐在地板上。那个女人洗完澡，爽爽朗朗穿着短上衣高腰裙套装走出澡间。青果式小领，平肩、窄袖；短上衣只及腰际，即使走得笔挺，也分明让人感到她腰肢充满动感的那种柔软。她走到萧羹的身边抱膝蹲下，问道：

画家，你好像在什么回不过神来似的？

说罢她站起来就又要离开了。格式薄毛呢面料，在她身上自有一种轻轻涌动着的情趣。

三

萧羹到竞州仅半天就买了回程车票。此刻姚敬身边前呼后拥着一群人，俨然已增长为大腕或大师级别，萧羹只在展厅的留言簿上签完名号，便掉头赶路。

第二天萧羹回到丰浦已是落暮时分，白天的暑热已经消退过半。月亮上来了，大地上到处阴影幢幢，让人横生一派清凉。

当萧羹步行穿越南大桥的时候，无意间一个女孩子已粘着他走：萧老师，个把月来你好像找了个壳躲进去了。

是杜小微的声音。

萧羹停下脚步望她一眼，他没有找到要说的话。

萧老师你眼下在什么地方安家？

萧羹答非所问说：我出了趟门，刚下车走到这儿。

杜小微说：那我改天再找你好了吧。

连杜小微也学乖巧了，见萧羹爱理不理，她已懂得走开。

一年中也不知道要见过多少次月亮。但这个夜，除了明月，还有寂寥的星辰。

萧羹回到望江小楼，也用不着开灯。院子、客厅甚至卧室四处都弥漫上莹莹透凉的一片清光。

萧羹伸手给电热水器通了电，然后借着月光直接去了澡间。月光经花窗照进来，影影绰绰的。这时候有一种感觉让萧羹不再犹豫，他猛地拉亮了灯——他的直觉不错，澡间显然刚刚有人用过，直到此刻漫腾着的雾气还没有散尽！

萧羹转身爬上卧室。

在卧室里见到的景象，使萧羹就像一个被定格的演员停在那儿。此刻在他卧室的床铺上，正俯卧着一个赤条条的女人：女人朝上举起她的小腿，不停地无声地磕碰着她那对小巧的脚丫，双肘支起被长发如帘遮掩的脸庞，痴痴地望向窗外。

我没有想到你会当天赶回。女人说，以前我每个月总有几天能拥有眼前这迷人的月夜。

月夜下，静谧的江面是空蒙蒙的一片墨黛颜色；天宇中寥落的星辰和对岸的点点灯光天地相接荧荧亮着。江风在窗外倏忽而过，楼后的桑树在簌簌地索动作响。在空调居室舒适的床上，于此际凝神遐想，淡荡绮思，心绪幽杳远可无涯矣。

萧龚感到自己被带进一个情景之中，感到眼前的这个女人是那样地忘其所以。

难怪她给这个居室铺地毯装空调，在面窗的居室中央安放席梦思。把这座望江小楼以及摆设纹丝不动卖给他——使他住进来便能嗅见这座小楼到处都布满那个女人触摸过留下的手泽的芳香，使得他宁可相信它其实只和一个女人相过……

女人坐了起来。女人酥松的长发，似乎正从她的肩背猎猎作响往面前洒落。她有点儿低垂的乳房、浑圆的臀部和修长的腿，在月色下其滑腻的皮肤不可理喻地闪亮一片毛茸茸的毫光。

画家萧龚见过种种情态的女性裸体，却不曾见过像眼前这个女人放任的松弛和散漫中鲜活。

女人说：萧龚，我和丈夫打离婚时，实际上我完全有能力支出一笔钱占有这座小楼。我不想再让一个粗鄙无知的男人把这么好的地方给糟蹋了。后来我打听到属意它的是一个叫萧龚的画家，我才打消了这个念头。

萧龚说：我当时也恰巧刚打完离婚而身无分文。你只好专程跑了一趟竞州，到"精英画苑"拍卖档花重金买下那幅《逗乐》对不对？

女人无话。

萧龚说：可你知道我一向放浪形骸惯了，你这样做也动不了我的恻隐之心。

女人说：其实我此刻说的话和你此刻的心思并不干。只是我把这座小楼卖给你，没想到我就像丢了魂似的。幸好你是个画家，我几次妄自闯入，你好像也不以为意。

萧羹说：我对你的了解一直很少。

女人说：你回来了，我也该走了。

这一次，萧羹跟那个刚穿戴完毕的女人轻轻地拥抱了一下。

四

那一天落暮时分，萧羹步行穿越丰浦南大桥的时候，无意间粘着他走的杜小微，见萧羹对她爱理不理的便转身告辞。实际上杜小微并没有真正离开，她在几十步外远远盯梢，一直到她弄清楚萧羹走进渡口那座望江小楼为止。几天以后的一个夜晚，当她再次盯上萧羹的背影，终于鼓起勇气提了几瓶酒和一大包凉菜尾随而至。

萧羹走上客厅后便席地而坐，偏过头来看杜小微意欲何为。

杜小微把小桌搬到他面前，又给桌面张罗了碗筷酒具。摆在桌面上的，竟都是属于男人的酒配：卤猪头肉、蹄筋、花生米等。

面对萧羹席地而坐的杜小微说：从今天开始，我不再叫你老师叫你萧兄，你不介意吧？

萧羹说：不介意，没有什么好介意的。要是你当初就这么叫我，也省得今天改口。

我今天要像男人一样把酒喝醉。

我有点你醉酒担心的状态。

没事，顶多冲一通热水澡便醉意全消。

那你何妨喝个烂醉。

一杯酒落肚，杜小微的脸颊便红成小公鸡。她把筷子丢在一边，用手抓卤肉吃。等喝下七八杯酒，杜小微已把自己灌了个东倒西歪。

萧羹说：你还不去冲热水澡。

杜小微冲完热水澡，竟摇摇晃晃颠上二楼卧室。萧羹只好跟着也上了楼。

瘫倒在床的杜小微说：喝酒有什么了不起。

萧羹说：你喝醉了。

杜小微说：离婚前，师娘一直不惜白眼相加，其实我是空负其名的。现在你婚也离了，我也跑来了，可我发现你就像不认得我！

此刻的萧羹真不知道拿自己怎么办才好。

杜小微说：这座小楼很对一个想住下女人的胃口。

萧羹只能回到客厅盘腿打坐。个把钟头过后，他看见杜小微小小巧巧的身影飘着走出院门，消失于黯淡之中。

就在这时候，月亮缓缓爬上山来，正一点儿一点儿把这座望江小楼照亮。

五

中秋节那天上午，萧羹走出院门，看见小男孩阿昆跟在他妈身后正要走下渡口的石阶，登上渡船奔向对岸娘家。

萧羹一把拉住小男孩说：阿昆，告诉你妈，伯伯请她晚上过来赏月。

中秋之夜，在二楼的卧室里，女人如约到来。女人俯卧在床上，和先前那个月夜一模一样：月色也一样，星辰也相似。让萧羹记起了最初那个雾雨霏霏的一天。

萧羹说：你这样子是一种极致。

女人说：很美吗？

萧羹说：很美。

不久后，画家萧羹的笔下便有了一幅叫《雾月星辰》的画作。大概自知它不易被人接受，画完后，便把它和这座望江小楼一起悄悄送给一个人。

（载《厦门文学》1997 年 3 月号）

◀ 在车上

那是一个夏季的雨天，想必雨已经淅淅沥沥地下足了好几天。此刻的天气非但不热，反而有点阴凉。一辆客车嘎吱一声在小站停下，打开了气压门，上来了一个40多岁的男子，车就又向前开动了。

只半年多时间，仿佛人世间的一切不幸便都一股脑地击打在这个男子薄弱的身上。离异、双亲的猝亡、17岁儿子的夭折……现在，仅给他留下的一座房子，也在他失魂落魄的昏沉之中失火烧得一干二净。他躺在成为废墟的瓦砾上，他在想：半年前还是完美温馨的家园，竟会在短时间化为乌有。这些接踵而至的惨象，让他不无震惊地感觉到：在这片肥沃的充满人际良心的土地上，就像有一股他看不见的力量在一直跟他作对一样，完全不给他立足之地。人一生要经历多少坎坷并不奇怪，偏他活到一大把年纪的时候，才突然间无以复加地掀起了重重的恶浪。他的泪腺干涸了，连哭都没能哭出来。当然，有许多亲朋好友前来宽慰他，同时也在私下设法要尽力去资助他，让他重建家业。可他已心灰意冷，纵然有百万的资助，也不可能使他重新振作精神：因为他已觉得自己没有任何前途可言，没有任何生的欲望。他在想：既然这片土地已容不下他，仅靠资助能使一个人重生吗？更何况靠资助的另一方面，他行将更为无援？

走吧，离开这个不疼爱他的地方。尽管他觉得自己生意全无，不可能再有什么前途。只是他要是不走，他怕连一天也活不下去了。

这个中年男子差不多是凭本能爬上客车的。他麻木、漠然不知所措。这一次，他在稠密的人群中真正品尝到什么是恍若隔世的滋味。他整个人被雨水淋湿，没心没肺地在一个女人身边的空位上坐下来。他的大脑没有意识到自己在这样做或者那样做，目光一直停在前方车玻璃上不停地刷过来刷过去的刮水器上。其实视觉也没有因此告诉他任何真实的情况，他的视野一直处于惊变以后的一片惨淡的虚无。好些时日了，他的心都盘桓于一种混沌的荒芜的静止之中，日常生活的意义于他而言已经作废了。可就在这时候，一个不停地在他身边那个女人大腿上蹦跶着的小孩，就在这时候伸过一只胖嘟嘟的小手来，伸进他胸前的口袋。与其说他不加以理会，毋宁说他根本就没有知觉。对此坐在他身边的女人却叫了起来，说："小歹徒，没有片刻的安宁！"生生把孩子的手拽回去。女人的声音尖利。这一次他觉察到了。这个女人将孩子拢回怀里，亲了一口小孩的额头，小孩的一只小手抡过来，打在女人的腮帮上，她又甜甜地笑了一下。这一次他连这个也意识到了。——儿子在小的时候，也曾经有过这个样子，只是谁能料到以后的事情呢？他这样想着，也就偏过头去看了身边的女人一眼。所以当那个小孩又一次蹿起，抓住他胸前的口袋时，他也就给小孩装了一个有点难为情的干涩的笑。

女人见了，高兴地对自己的孩子说："小歹徒，那是伯伯的口袋，里头可没有放你的东西！"

"不要紧的，让他玩好了。"

这个中年男子终于开口说了这么一句话。这个女人于是拿了既骄傲而又感激的目光，认真看了他一眼，并轻轻朝他点了点头。

窗外的雨又大起来了。这个女人对他说："你的衣服都湿透了，小心会感冒的。"

"不会有事的。"他答道。

就在此刻，车窗外刮起了一阵大风，雨点从窗口射了进来，有那么几颗撒落在小孩的脸上。他于是站起来把车窗关紧，坐回去后他又看见女人小心翼翼地将落在小孩脸蛋上的雨点抹掉。

"从前母亲也是这样对待我的时候，她会想到我今天的处境吗？"他想道，"肯定不会，当母亲的都希望自己的孩子会活得很好。"

　　用不了多久，我就要回过头来。这个男子默默地对自己说，灾难肯定会过去，只要有可能就应该忘掉它们。

　　（载《厦门日报·海燕》1995. 11. 20）

◀ 魏相儿

魏相儿路走得太远了，远得他这辈子无望掉头回家去了。

最后他来到一个村庄，随便给一户人家敲了门，也不管有没有人，敲过门后便往门槛上瘫坐下去，不想门正好于此刻打开，偌壮一个汉子就这样四脚朝天跌进那户人家的院子里。

这天夜里魏相儿跌进的人家，是双旗门富户诸葛家的大院。

就在这个白天，诸葛奎率夫人段红花及独女诸葛菲刚刚为入赘女婿吴湖治完丧。吴湖是段红花的大姐段红英的儿子，结婚不足百日便无缘无故猝死于女儿身畔，诸葛奎夫妇感到，即使浑身长满嘴巴，也很难向邻里乡亲和大姐一家解释圆满。幸好大姐段红英还算通情达理，最后协商结果是男方派人来取走了诸葛家的三百块银元。乡里的议论顿时大哗：诸葛家要是没有什么见不得人的勾当，何须如此花费？！

毫无疑问此刻的诸葛家大院正处于种种令人惊惧的考验之中。

年逾古稀的相师梁朴是诸葛奎的多年好友，为宽慰一番好友的悲哀心怀，这一天他特地从几十里外赶来。相师梁朴缓慢滑动的是一双阅尽世事的眼睛，临别时他说：诸葛老弟，我内心不免惊奇，令爱的容颜非但没有未亡人的萎暗，鱼尾反呈桃花明艳，我好生为你担忧啊！

　　一经提醒，诸葛奎也不免诧异起来；是呀，这到底是怎么回事？我也觉察到小女似乎没有多少新寡的失心之状……

　　相师梁朴说：只有两种可能。要是三天之内没有快婿上门，贵府的祸事可就不小了！

　　梁兄你可别取笑我，女婿才死几天，尸骨未寒，哪来的快婿上门？再者，女婿已入土为安，祸事又因何说起？

　　相师梁朴说：快婿要是你费心寻找得来的就文不对题了，必须是自投家门的。我说的祸事是指：令爱的气色当萎暗时反呈明艳，如果三天内没有快婿上门，如此令爱就可能与野汉通奸而杀夫……

　　一句话道破要害，使得诸葛奎不寒而栗。相师梁朴说：诸葛老弟，我是坏话说在前头，好让你事先心中有个底细。我倒是觉得令爱吉人天相，或许用不着你多费心思……

　　相师梁朴说完这席话便飘然远去。

　　诸葛奎夫妇不得不又一次严查了女儿诸葛菲的品行，但得到的结果依旧是：女儿闺风甚惠，心地坦诚磊落，并没有任何不端之处。可是，若说前天夜里女婿和女儿在新房行了床笫之实后，就各自沉乎入睡，翌日大早女儿起床时，便看见女婿已僵死床上，这话传出去谁信？惊动官府是早晚的事。当地知县卢流又是个奸猾狡诈的贪官，女婿的死一经他立案侦查，不但爱女声誉扫地，诸葛家更非倾家荡产不可……

思前虑后，诸葛奎夫妇唯有一声长叹，事已至此，只好听天由命了！

也就是在这个时候，旅途困顿的魏相儿跌进诸葛家大院。四脚朝天躺倒在地上的魏相儿，受惊之际，并没有为了遮羞急忙爬起身来，反而是放自己舒泰开去，然后才徐徐睁开眼睛：

这一天夜里魏相儿睁开眼睛后看到的是诸葛家大院上空的满天星斗，他在大院里那轻拂的习习凉风中倦意全消，居然有一种回到家的感觉。

不用说，机缘凑巧、不请自至的魏相儿受到诸葛奎夫妇的殷勤礼待。饭后，诸葛奎说：恕老夫无礼，请问客官何方人氏、缘何至此？根据几年来奔走他乡的经验，尽管魏相儿在诸葛家大院见到的上下人等均为良善之辈，但出门在外，他的戒心还是有的。于是魏相儿说：员外如此动问，必有缘故。

本来，魏相儿说的已是一句告知来历真情的婉拒之辞。万没料到，诸葛奎会将近日女婿的猝亡和相师梁朴的话，向这个素昧平生的年轻人和盘托出。

竟又让我遇上了这等相似的怪异之事！魏相儿的内心潜流暗涌，外表却强持平静，起身施礼说：恳请员外恩准，晚辈能否一睹令爱芳容？

事急关头，诸葛奎便把乡规里俗丢到脑后，也没有恼怒魏相儿的无礼，连忙呼唤女儿出来与客人相见，一见之下，魏相儿更是大吃一惊。

魏相儿对诸葛奎说：实不相瞒，晚辈的老家实为吴地，不分日夜往南走，在他乡流浪已有几个年头了。晚辈也是在新婚蜜月里，因为新娘子不明不白猝亡之故，岳父母立状告官，致使家道破落，连累生养父母相继而殁，在家乡已无立足之地，唯只身逃亡在外……

魏相儿说罢已泪流洗脸。

一直低首站在父母身后的诸葛菲，于此刻对魏相儿说；能否借客官一步，奴家有句话要问你。

见诸葛奎夫妇没有阻止，魏相儿跟着小姐诸葛菲轻移的莲步，避开其父母，来到庭院。立定后诸葛菲问道：刚才客官一见奴家之时，为何有震惊之状？

此刻站在魏相儿跟前的是一个不但楚楚动人而且识见非凡的女子，因为家教殷殷和她的聪慧灵巧更加衬托出她那闭月羞花的美貌。

魏相儿说：因恐亵渎了小姐的高洁，在下不敢明说！诸葛菲说：此刻唯只你我，但说何妨！

魏相儿说：新娘亡故之前，在行夫妇之实时，于身下承受爱欲的她，与往日极不相同，在她的娇吟声中，居然让在下于她柔弱的身上幻觉出一个美貌女子，可大祸也正好在此刻降临，在下岂能想到新娘子会招架不住那时候的激越而香消玉殒？——刚才见到小姐时，不免大为惊骇，在下当时幻觉到的女子，竟活脱就是小姐的容貌……

魏相儿话还没有说完，便挨了诸葛家小姐两个响亮的耳光：何方宵小，竟敢编排此等下流言语来污辱奴家，此其一！夫妇恩爱时，遐想其他美貌女子，竟不以为耻，此其二！……

魏相儿说：知道小姐会责怪，可在下不是已经有言在先了吗？

魏相儿在诸葛家大院里躲了两天后悄悄潜出，半个月后在双旗门的圩集镇上经营丝绸生意，几年后便成了双旗门一带的巨富。

在此期间，因为新婚儿子吴湖的猝亡，获巨资补偿后的吴家更感诸葛家作贼心虚，形迹可疑，于是一纸状词告至衙门，诸葛家不久后便被官府立案侦查，几经折腾诸葛家已一贫如洗；在严刑之下新寡诸葛菲供词铁定如初，永不变更，至后查无实据才获无罪开释。

在一个三月菜花怒放的日子里，双旗门巨富魏相儿，竟不畏诸葛家小寡妇那杀夫的美貌，已央媒说项，准备迎娶进门。

（《南方》1998 年第一期）

◀ 赌　局
·······

"玩这个，先前你家老马是双河镇的老大。"坐弹簧般蹲在背椅上的刘二，眯着眼，嘴巴拨钓鱼竿般叼着烟，双手捧牌洗，还能说。"老马剁指戒赌十几年了，眼下由你小子上阵，露一手给你，就够你折腾的了！这下赢家都成秋蚂蚱了——蹦跶几下不完蛋才怪。兄弟我丑话说在前头，日后你手顺了又是个老大，可得牌下留情呀……"

已输掉一百八十元票子的马连生，初临阵势，内心不免虚晃。据说他家老马，头两年手气也悖晦得很，其间神不知鬼不觉赔上几头猪几间瓦房，而后由输而赢，彻悟其道，非但赚回一座小楼和长了腿跑掉的财物，还成了双河镇战无不胜的老大。

实际上老马半手也没有露给小马。小马也想凭自己成其老大。他对自己说稳住，于是胆色再现。其时他爽然得手，扒回百三十元，刘二的猴腮着火了。顺逆得法，稳处夺险，见机下手要狠。

小马与别人不同，每一局他差不多都有心得。

趁洗牌空隙，有人摸出夹在裆底下的酒壶吻了一口。每张嘴巴都有过硬功夫，大叫大嚷同时，烟支还能在嘴皮子上转动自如，孙悟空耍金箍棒一样随心所欲。你晓得他吞吐那一丝一缕青烟的含义吗？要么是得手要么就是自鸣得意。对着牌面，有的眼神就像拧紧钟表上的发条。有人张开布满血丝的眼睛，喉咙发干，拨扭支几根筋的头颅，嘴里念念有词，杂七杂八，也不知道在说什么。

票子在牌桌上递来递去。

"男子汉小娘脸，一个人能活世间几回……他娘的几回？老子瞎撞一回！"

总伸舌头舔唇，看得见舌苔上白沫的人，狠狠往地里啐了一口，把牌掀开。

"用不着顾忌你家老头子，他年轻时也玩这个，还玩得比你疯！有一回全村人都看见你家老头子打发光着腚的你妈去阿富婶家借米下锅呢！"

此人掀了牌，愣一下表情，接着骂自己浑迭。

"别以为疼这几个钱就能讨老婆！打茶水拿毛巾去，过后我输赢都挂你名下……个头比我高大，就不是娘养的了？"

这个人像刷锅一样搅乱牌，随后聚拢堆叠成豆腐状。

小马正襟危坐，一声不响。点数在牌面上游移不定。在小马的脑海里，他仿佛看见一个人正冒热走在寅末卯初的路上，打探着，心和双腿一样发飘。

夜过五点，伙计们这才作鸟兽散。

小马从刘二家赶回。路上寒气裹人，他却浑身燥热。到了家里，老马还没睡。为儿子准备了温水和点心。洗过脸，小马吃了鱿鱼丝溜黄稀粥，一颗心这才稳实下来。

"爹。"小马抹抹嘴。

"输多少？"老马问。

"整三百。"

小马看见老马把烟丝压进烟斗，点上吸，一口一口咕噜咕噜地响。

"我头一天输了整六百。那时候钱大，一时间天塌地陷。"

"妈怎么说？"

老马接着吸了几口烟，说：

"也是大年二十九这一天，你妈在纳你过年穿的小鞋，等我回家。我告诉她：我出手不利，输了六百元。看得出你妈在意料之中。我说这是交学费，以后会赢回来。"你妈没有任何表示，只认一声不响做她的针黹。"

小马用拳轻轻敲了敲闷沉的额头。

在双河镇，妈当时是长相第一，贤惠第一。老马是男子汉的气魄第一。

"觉得自己可以吗？"老马换了一锅烟。

"嗯。"小马说，"我会干得比任何人要好。"

老马把那锅烟磕掉，发觉是刚装上的，于是用三指捏起塞回烟斗："刘二是什么时候撒手不干的？"

"我暗地里数了，满一百二十局时叫停的。"小马发现老马眼神闪过一道光。

"哦。"老马嗬嗬嗬地咳了一阵。"没谁……没谁说……再来几局吗？"

"刘二说不行，他说头痛得厉害。"

"年夜呢？"

"原班人马。"

"明夜赌的时候，先摸清刘二什么时候望你，每回你都不出声迎他，最好楞死鱼眼一模一样朝他看，让他摸不着底。下注要中大，要匀不要狠。记住赢三百就设法离开，不要恋战……"

小马点了点头。

"这会儿你睡得着吗？"

小马说："困是困死了，睡怕睡不了。"

老马说："你还坐在椅上别躺倒，闭上眼，就想自己还在洗牌，反复洗，尽力想看清牌里的点数，别的一概不想。等你睡了，我给你盖上毛毯。"

果然很快睡了过去。睡梦中小马见到母亲了。新年初二他给姥姥送年礼，姥姥指着他母亲说："快叫她'妈'。"母亲为什么要离开这个家，在他心席子底一直是个谜。

在大年夜的赌桌上，刘二的脸色一阵青一阵白，然后是恶狠狠的黑颜色。

"这小子，赢三百就走！"

"他的肚子痛得吓人，痛得脸都扭歪了。"

"对呀！他的手气有多顺溜，要不是痛得受不了，他才不肯离开呢！"

刘二无话，他知道小马肚子里的摆设，却又说破不得。

回家路上，小马在一个土墩上稍停。他将充盈了丹田之气，再呼将出去，让自己放松。此刻他的衣袋有一点分量，是结结实实的一叠战利品。

风吹乱了小马的头发，双河镇圩尽收眼底。通宵达旦的年夜灯，如同夜空星辰，在小镇拉了青藤，在青藤上结了无数透明的小瓜果。

老马还坐在那儿等小马。但小马回到家，老马却不知道。

老马的盹打得很深，双手对插在袖管里，头慢慢地往下落、落，蓦地拉起，又往下落、落……

天冷狠了。小马紧了紧衣服，轻轻在老马身边坐下。

老马照拂全家，也就是照拂他一个小马。

小马有一回要替老马驮一袋麦去磨坊磨面粉，遇到一条河，松鼠说深，老牛说浅……小马拿不定主意，没敢去试一试深浅。

此刻的老马在打盹，打得很深。

"爹——"

"你回来啦。"

"爹，"

"夜里的情形说与我听听。"

"爹你告诉我，妈回娘家到底是怎么回事。"

老马揉了揉眼，一双手往身畔摸索。小马给烟斗装烟丝，点上，递给老马。

"年夜妈还在纳我的小鞋吗？"

"鞋穿在你的脚上了。那夜你妈抱你在膝上等我回来。'我输惨了。'我对你妈说，'我说不好准该拿自己怎么办……'"

老马接着说："你妈拿出一样大小两个碗，一个盛满水一个是空的，要我不停在两个碗之间倒那碗水。她说，哪一天我能不溅出一点水星，哪一天我就能赢……"

"爹你倒了吗？"

"回想起来，你妈要我做的就这么一件事。"

"后来呢？"

"这本事我还没有学上就赢了。而且我确信，不关这本事，我也能赢得很开心。"

"可妈后来……"

"等我百战百胜的时候，你妈就回娘家去了。没什么参差的，可她就是走得坚决，头也不回。"

"为什么？"

"她执意要走，好像告诉过我什么了。可我总是不明白。"老马说，"连生，你比你爹有能耐，新年初一，你赢五百回来没问题。"

"不！爹你告诉我，妈要走时对你说些什么！"

"新年初一，你去赢五百。"

爹磕掉烟灰，睡去了。拖着木屐上楼，留下一串咯哒咯哒的声响。

次日夜里，小马五百一上手，就沉不住气了，没找借口就把气得嗷嗷直叫的刘二他们扔在身后，飞奔回家。

又麻又沉的腿，深一下浅一下地走穿行，到了家门口，脚步就迟疑了。

这座破旧的小楼，在星光和路灯交映中伫立。这个夜，要推开小楼那道门的小马，竟有一种惊惧和陌生的感觉……小楼里住的老头子，也就是他的爹老马，曾经是双河镇神秘莫测的赌坛老大……

虚掩的门被推开一道缝，老马果然在八仙桌上放两个一样大小的碗。

小马没有出声。这是他母亲给爹的课题呀！

一个盛满水，一个空着。

起初很慢，清水从这只碗倒到另一个碗，接着又倒了回去，一样汪汪的满碗。

盛着和空着的碗，在老马手上停了片刻，那碗水便在老马手上的两个碗之间，倒过来倒回去，愈倒愈见急速，奇迹的是，竟没有水星溅出。爹到底把本事学到家了！那水被拿捏得像颗布球像团棉花，两个碗在老马的胸前在小马的眼皮底下飞舞，活把小马的眼睛看花了。

老马在念着什么，越念越快又像嘴巴丝毫不动。小马看见很多张脸，可又一张也没看清。小马看见很多东西，可不等清晰，它们就又没了。最后小马看见的是一团五光十色的雾，在彩雾中舞着长袖，蹿跳着……

小马仿佛置身于旋涡之中……

"嗨！"

在老马的大喝声中——小马记起他早年的爹曾练就一身的好武艺。

两个碗被轻轻放回桌面。小马看见老马满脸是豆大的汗珠。

小马一看八仙桌上的那碗水，讶异了：

一个碗里的水剩不到一半了，另一个碗依旧空空。

老马坐在椅子上，耷拉着脑袋。毕竟岁月不饶人，爹老了。

（载《福建文学》1987 年 9 月号）

◀ 故　事

　　我和女友萧红菲讲的是同一个故事。大概是角度不一样，故事的情节总是大相径庭。由于故事的效果相背离，我们一再发生争执，婚期也因此没完没了地一拖再拖。女友讲这个故事的主人公是她沉鱼落雁、羞花闭月的奶奶。在她讲的故事里，我爷爷不过是个街头恶少，永远狗咬疯似的追着她的奶奶，掉价得一文不值。最终他们没有结合，是因为我爷爷不过是个不务正业的纨绔子弟，而且当时党领导的军队已横渡长江，眼见就要山河一片红了，我爷爷家族的狗尾巴长不了了。不怕你笑话，我讲这个故事的主人公则是我修文习武、风流倜傥的爷爷。在我讲的故事里，她奶奶是一个口角流涎、天天死皮赖脸朝我爷爷投怀送抱的野妹子。最终他们没有结合是因为无法避免的门户之见。我爷爷当时是一县之长的公子少爷，高家是高家桥首富；而她奶奶不过是坎上一个佃户的小丫头罢了。

　　当然不管故事如何铺张，各自的结束语也都是庆幸的：

在雨夜的叩门声里

108

我说：祸兮福兮，要不是全国解放了，我爷爷还摆脱不了你奶奶的纠缠呢！

红菲说：天哪，幸好我奶奶没有嫁给你爷爷，否则的话我奶奶就成了恶霸地主婆，那可就叫天天不应叫地地不灵了！

可怕的是，几年前我筹建了一个茶叶精制厂，注册了一个蓍兰茶开发中心。要是单从资本方面来估量，我又成了一个地地道道的地主老财。因为筛选定级和包装，需要眼明手快心细的姑娘，所以在精制厂招收的 30 名工人中，女性居半。女友萧红菲左右放心不下，尽管委屈得泪水直冒，几番犹豫后还是当上精制厂的一名包装工。要是我口气冲一点，红菲就会翻白眼对我说：瞧你街头恶少的模样，我说你还真是你爷爷的种呢！

我和女友萧红菲一次真正的较量，是那一天我偶然发现她额上有几道浅浅的皱纹。当然作为对抗，她也很快从我的头上翻出几根白发来。

我说萧红菲算了，我们为何不把你奶奶和我爷爷的关系当成美好的一对情侣来展开故事？

红菲说：屁话，你二流子爷爷是什么档次，难道非要我奶奶跟你爷爷有什么关系不成！

我火了，气急败坏地说：我爷爷和你奶奶的关系，就像今天我和你的关系一样，我是厂长经理，你只不过是一名普普通通的钟点工——甚至你奶奶当时还不如现在的你，她只不过是我爷爷一个佃户的小丫头罢了！

我知道这话说重了，把萧红菲那颗骄傲的心刺痛了。果然她第二天便没来上班。不来就不来吧，我若无其事地和春花、夏莲开开玩笑，跟秋菊、冬梅逗逗乐子，内心上却无论如何也轻松不起来，感到她们不管是情趣还是外貌都没有一个可以和萧红菲相比。坚忍了几天我便熬不住了，夜里不由自主地朝以前频频相会的地点寻了去。

当我找到堆放稻草的旧学堂时，早已有一柱抱膝坐在那儿的身影。见我到来，即使没有灯光我也觉察得出她非常得意：你不是厂长经理吗，又何必狗咬疯似的眼巴巴地赶这儿来了？

我说：是吗，我有必要这样做吗？

这一天夜里，尽管我知道这是在意气用事，但我还是转身就离开了旧学堂。这样做的结果是第二天晚上我很早就到旧学堂去，找一个隐秘的地方抱膝坐下。见萧红菲到来的时候，我差点脱口而出：怎么样，你怕不是想纠缠我来的吧？

萧红菲东张西望的，并不晓得我的到来。她就在我身边坐立不安，咬牙切齿骂道：高景志我告诉你，别以为你就有什么了不起，我恨死你了！

我扑哧一声笑了。可这下不得了了，萧红菲就像母狼一样朝我扑了过来：高景志你的心眼坏透了，竟敢偷听我说话！

我笑问：你在跟谁说话？

反正不是跟你高景志！萧红菲穷凶极恶，拳打脚踢。

这一天夜里，我就是在此刻间突然涌起一股想制服她的强烈欲望。这是我和她恋爱多年后第一次尝了禁果。即使当时月光微弱，我也能看见她的眼帘打滚着泪花。

过后许久，她才幽幽地说：景志，当年你爷爷和我奶奶，会不会像我们今晚的情形，而不是像我们故事里编的那样？

天哪！我不禁为她的这一句话打了个透背的寒噤：面对此时此刻，我也正好想到这一点上。我和萧红菲终于想到一块儿去了！

可也正因为萧红菲的这句话，我和她婚后就会时不时地像水泡一样冒起一种恐惧，不管来自何种压力，也不敢想要孩子。

（载《福建文学》2001 年 4 月号）

◀ 寂寥清欢
························

一

　　举凡世间男女，粗看相差无几，内里之幽微却天差地别。这也就是年龄、美丑、贫富、学识悬殊却能携手与共的缘故。如同卯与榫，要大小相合且严丝密缝，其情分的唯一可不是单靠斧凿就能造就的。更何况还有股市般的情形，若无探底，岂知蹿高的喜悦？若不经历涨停，岂知割肉清仓的痛楚？当然你要以找死的节奏唯利是图，饮鸩止渴般偏执的，在此暂且不去说它。

　　当然眼下还谈不上这样的话题是否与王沃、魏环相关。

　　王沃的早年与魏环互称兄妹。他俩分别供职于政府机关和高校。在一次宴席上，王沃给魏环敬酒说，你跟我远在非洲的舍妹性情相像，请求你当我的妹妹好不好？魏环说，这话要让我先说，我有一个蛮不讲理的弟弟，与你相比有云泥之别，我多想能有你这样的一个哥哥！眼神对上了，话说了，酒也碰杯喝了，果然彼此有了异样的亲近感。过后时而联系问候，时而见面相聚，奇怪的是关系却永远停留在最初见面的那一刻。他俩各忙各的，各奔各的前程，感觉多是若即若离那一种。魏环以为那样的情形只限于注视，但她同时也感觉到，王沃对此却甘之如饴，并没有别的贪念。魏环有时候会涌起某种恨意，可她一旦接到电话或见面时刻，那种恨意便会顷刻全消，有的只是期盼隐藏于内心，一触碰就唯有欣喜的了。

时日久了，魏环便明白，一听见王沃的声音或甫一碰面，隐藏深处的东西被翻出来，伴随的自是默契与相惜。过后她涌起某种恨意，谴责的应是自己的不争气；还有，若没有任何功效，你恨什么？欣喜的又是什么？

二

你我之间的关系，为何要一直保持这样的现状？

下一次一定要向王沃提出这一问题。但见面时，无论下一次还是再下一次，还是再再下一次，魏环始终没有开这个口。

随着性子的，没有挂碍的，不曾利害攸关的，说了想说的，却又是可有可无的——这到底是一种什么样的关系？

在政府机关要晋升，必须搞好同僚关系，因为单位要测评；必须搞好与上级的关系，因为要有领导关注你，提你的名；要对组织忠诚，因为组织负责对你全面的管理与考核。在高校评职称，同样需要考核等级，同事间的排序与集体测评，撰写发表论文，既要文凭过硬也要师门推荐，还有评委的投票。这些拉里拉杂的人事，怕将不愉快传染对方，见面时都不愿提。

彼此之间似乎在恪守某种美好，却不知道该美好为何物。

因有了学校，不少理解便是书面上的，先入为主的。魏环身临其境，忽一日终于彻悟，原来她与王沃间的关系就是男女江湖上备受推崇的异性知己吧。

三

父母很平庸。弟弟、弟媳也很平庸。四岁的小侄子长得敦实，相信长大了也还是平庸。魏环十五六年前就在"瑞苑小区"买了三房二厅的房子和地下停车位，当时位置有点偏，每平方米也就千把块钱，谁承想过不久扩大了城区便变成市中心。到前年她就还清按揭了。买大房子的目的就是为了结婚，可年近四十她还没把婚结上，失望至极的父母开口了，她似乎也因理亏而有点屈从默许的意思，一大家子终于归为一统，一窝蜂搬住她的大房子。她身后独有的天地眨眼间减缩为一间卧室。中高档的私家车魏环也买了。可她一旦出差调研、校际交流讲学在外，车便挪为弟弟、弟媳使用。魏环自诩是做学问的，以单纯处事、清静深思为喜好。可一大家子混住在一起，俗世的烦扰便时而滚雪球时而波翻浪卷的纠缠她不放。她这个当女儿的、当姐姐的、当姑姑的，似乎个个都以她为中心，都在仰她的鼻息，实际上远不是那回事。学识就不提了，每月一大家子挣的钱加起来也没有她魏环工资多。可在父母心中，她就是个女儿，只要她不嫁不结婚，给家人供房供车也抵不上她犯的错。在她弟弟那边，她这个当姐姐的，照顾弟弟、弟媳理所应当，她身家再大最终也由她唯一的后辈——她的侄子继承。那是迟早的事，你还有什么可计较的，还有什么舍得舍不得的？明里暗里他们在心里放的就是这个意思。日常生活中，魏环与亲人已找不到对话的端口。除了那些四五千年来不变的窒息人的一条条大道理外，他们一个个地披着亲情外衣，要不是威逼就是强加。这时候的亲情也就演变成羁绊与限制，与敲诈勒索无异了。

当初父母的房子拆迁了，交付安置房时魏环以为他们会搬走，哪想不跟她商量一声安置房就被他们出租了。憋一肚子气的魏环到省外一所高校交流讲学一个学期，期满回到香城"瑞苑小区"505室，家里乱糟糟的不说，她房间的那张大床竟睡着弟媳的小妹。父亲说，怎么回家也不打声招呼？魏环说，招呼了，我的房间就不住人了吗？母亲企图将问题模糊化，说空着也是空着，省下亲戚的旅社费正好补贴生活哩。魏环放了拉杆箱和背包，一口水没喝，转身下楼，可她的车被弟弟开走了。魏环再次上楼回家。我的车呢？！魏环责问，她胸口起伏，大气呼小气的，自个倒水喝。父亲不高兴了，说你就这么个弟弟，你弟弟他书没读好，工作也没个样，今天他难得开一次同学会，你这个当姐姐的，让弟弟开车应付场面显摆一下就不高兴了？魏环被一口白开水给噎了，赶快起身去卧室开锁翻抽屉，好歹捂着胸口透了一口气——谢天谢地啊，这房子的房产证和土地证都还写着她的名字……

四

魏环打车到篱湖的茶棚，约王沃出来喝茶。

快五个月了，但见面时王沃并没有表现出诧异。小妹你不在香城的这些日子，我的生活就被阉割了，丢一大块了。王沃口气平淡，但一开口，魏环的泪水便啪啦啪啦往下掉。王沃说，小妹快说说，你泪如坠珠，是久别重逢呢，还是心有憋屈？魏环将回家不到两个钟头的遭遇说了。不想王沃和她竟有类似的烦恼与无奈。王沃的父母也认为他一个人住大房子太浪费了，赶到香城和他住在一起，搬来七大姑八大姨轮番对他实施劝婚"轰炸"，他不就范便不罢休。王沃说，我基本窒息，都不想活了。

三天后，趁父母、弟弟、弟媳在家，王沃敲开了魏家的门。门开了，王沃并不进屋，他手举房产证和土地证让他们看清楚，仍旧站在门外说，银行将你们住的这套房子、停车位及电视、冰箱、空调、床柜、厨房的配套一应拍卖了，我已是"瑞苑小区"505室的新业主，限你们一周内搬离。王沃摆出了新业主的姿态，说完就走人了。这到底是怎么回事？！晚餐时，父母、弟弟、弟媳质问的目光便一齐戳在魏环的身上。魏环低下头来，她愿赌服输说，我用房产证抵押贷款炒股，心里一急每次都是买高卖低的，钱基本上炒没了，亏空太大了，本金、利息都还不上了……可我万没想到，银行下手会这么快这么狠……一时间父母、弟弟全傻眼。几乎是同时，魏环便听见弟媳在打电话要求租户退租安置房。父亲说，顾不上父母、弟弟，可也要记得周全自己啊！母亲说，这可怎么办才好呐，都快四十了还这样没轻没重没头没脑的……魏环说，顾全你们就行了，我大不了回学校住过渡房去……

同样的故事，也在王沃的房子上演了一次。

魏环有收复失地的感觉。她给房子换了门锁，装了探头。室内基本恢复原样，但嘈杂的声息却无法一时间抹除。心有不甘的父母、弟弟分别前来查验究竟，都因打不开门无功而返。弟媳也来了，恰巧王沃难得一次串门，魏环便让他将弟媳堵在门外：你找谁？弟媳说，我是原业主，有东西落下了，想进去找找。王沃说，你们搬离后我就彻底清空了，真要找你就算赶垃圾场也来不及了。说完王沃关门挡客。魏环在监控视屏里看见弟媳失落离去的背影。

五

因为不确定泊车的位置，魏环也在一段时间故意闪忽，车便回归为她的专用。王沃说，在父母眼里，炒股亏钱与赌博无异，不结婚又成了浪荡子，失望得都想和我这个当儿子的断绝关系了。魏环说，我也差不多，不结婚，没了房子，还摊上债务，父母、弟弟、弟媳转眼间就有了默契，基本上不怎么过问我的事了。王沃说，国人的伦理观就怕在你我身上要划出一道分水岭了。魏环说，明明知道自己是对的，但真的做下来，却在心里留下极为不堪的阴影。

魏环也往王沃的住处串了一次门。进门的刹那，大概是有类似的心境，房子里的摆设的格调竟与她相差无几。王沃说，我很有点不忍，父母生气回老家了。魏环说，我偶尔回安置房的家吃一顿饭，气氛还是僵着的——我不嫁便罢，房子也没了，转眼成他们的负担了。

王沃说，沈从文说凡事要耐得了烦。你我是属于耐不了烦的。魏环说，可人家曾国藩讲的却是慎独二字。可此前你我连小小一块领地也被剥夺了，慎独从何而来？

其实人家曾国藩是既讲求慎独也耐得了烦。王沃说，可现如今官员堕落到以面子工程粉饰自己，艺术堕落到与官场媾和套利，做生意的堕落到贴牌营销……魏环打断他说，男女关系堕落到像你我一样的清谈，你说这可怎么办才好？

王沃说，社会是一定要往前发展的，还不如我赌气或烦恼时赶你那儿蹭顿饭，你中奖了或有什么好彩头就跑我这儿吃喝发布，活当下一点，说不定难过的坎就迈过去了。魏环说，你这也太偏私了，凭什么我快乐时往你那儿跑，你苦痛了带给我负情绪还要我开饭？王沃说，你这样抬杠冤枉我可不太好，化解了我的阴霾，你难道连一点成就感都没有？再说了你的好戏没人观赏、好彩头没人分享，锦衣夜行，到底多煞风景的事啊！

六

魏环记住了王沃的偏私，几天后她便出现在王沃的住处。

魏环称在她朋友转发的微信里，读到一千多年前香城本土的刮痧，手法原始，只需清水少许及口沿平滑的一只碗。王沃说，其实这手法在乡下还存在，只是城里讲究些，拔罐、涂药水，用上角刮子罢了。魏环说，根据症状我可能是中痧暑了，真想手法原始刮一次痧，可我竟找不到谁可以帮我这个忙。王沃说，这有什么难的，足疗店、养生馆都有刮痧的服务。魏环说，可我又不想让不相干的人随意触碰我的身体。王沃说，那就由我代劳吧。王沃说罢端来一个放少许清水的小盆，一只白瓷碗。魏环裸露了上身，让王沃碗沿沾水刮她的肩背。大概两个人都感到某种异样或丝丝缕缕的慌乱，王沃看见碗沿过处，魏环的肩背便被刮出红得发黑的血痕。王沃说，魏环你真不把我当不相干的人了。魏环说，王沃你下手好狠，都不当是我皮肉的了。王沃说，刮痧对于你这种人可能真的管用，血红里透着黑气，毒应该是被刮出来了。魏环说，我就知道你的本职工作会做得好。王沃说，奇怪的是，我在单位越是把本职工作做好，心里就越是不踏实，越是感到荒诞。魏环说，这是因为你不对口，没有信仰，你走神了的缘故。

王沃把魏环的肩背刮得像贴了红纸。魏环穿回衣服说，好了，整个人被瓦解了似的，就剩下想回家睡觉了。

多半是下意识的吧，但仍然被王沃视为试探行为，只是动机不怎么强烈罢了。魏环走后，王沃似有似无地回忆了这一天依次往下的程序，居然没有什么破绽或不合理。然后王沃记起魏环肩背以外的部位，思绪如同驭风滑行，油然间也觉得自己困了，只想蒙着被子沉沉地睡它一觉。

七

刮了痧，昏乎乎睡一觉醒来，魏环对王沃竟从内心深处冒出一种似有似无的疏离感。然后她细细辨识，想来对他应是一种依赖式的不舍。如此一来，魏环便以为自己有了一种透彻淋漓的幽默感，摁号码打电话说，王沃，你是八大山人笔下朝苍穹翻白眼的那只小鸟。

一句话说完电话就挂断了。王沃赶紧上网去查找朱耷的书画作品，但耗了半天时间他也没能找到朝苍穹翻白眼的那只小鸟。

（载《佛山文艺》2022 年 4 月号）

◀ 在岸上守望的日子

　　江坤邀朋友喝酒，喝着喝着叶起秀就回来了，江坤有点迷糊说：哥们，咱得给她放盆洗脸水。萧正兴说：是该去拍一拍我们院长的时候了。叶起秀见丈夫果然颠晃着身子要去拿毛巾放水，拉下脸说：你还真要撒酒疯呀！江坤坐回去说：算啦，领导的屁股咱摸不得。顾辉说：那就别摸！叶起秀说：你们也差不多了，别再喝了。江坤说：偏喝！萧正兴和顾辉望了江坤一眼，说：嫂夫人回来了，就不再喝了吧？江坤把酒杯墩在桌子上，低头闷了下去。叶起秀说：算了，喝吧，别因为我回家你们就少醉这么一次。如此一来，三个男人似乎又开了禁，敞怀喝开去。只是因叶起秀这么一搅，情绪就蔫了，不一刻便都喝了个烂醉。叶起秀只好打电话给萧正兴、顾辉的家属，由她们前来把各自的丈夫领回去。江坤被架到床上。丫挺躺下便开始打旱雷。叶起秀知道自己这一夜又没得睡了，干脆抱了条毛毯去睡沙发，没想在沙发上反而睡了个囫囵觉，醒后轻松而又爽朗。

叶起秀更没想到，就这么个夜，成了她和丈夫江坤分居的开始。当然几宿以后，江坤便把床让给她，主动去睡沙发。在没有肉体厮磨的日子里，竟意外两将相得。于是彼此心照不宣，在小小卧室里各据一方修心养性起来。

在没有需求或被攻击的日子里，叶起秀发现自己的欲望渐渐丰满，身体渐渐变得活泼轻快，久违了的对异性那种渴求又不停在她身上跃动，心思却无论如何也拢不到丈夫江坤的身上去。这可是不得了的，近十年夫妻怎么会跟路人一样感到没有关联呢？只是无论如何，叶起秀也为自己重新涌现的一种独立、一种活力而珍惜。丈夫江坤呢？挑不起对她的兴趣是肯定的，可情形大概跟她有所不同，似乎每天都是疲惫至极，像有什么棘手的事捂在他心头上不得排解一样。

原来江坤的心已另有所属。原先夫妇约定：一个留在岸上，一个下海拼搏，不把注下尽，遇到万一，也好进有台阶退有余地。岂料双双顺利，留在岸上的妻子由主治医师晋升副院长兼外科主任；下海的丈夫呛了几口水后连连告捷，成了款爷。如此一来，相依为命感无形中少了，审度自得多了。刷新目光回头看世界，还真不太敢相信自己。本来社会上被夫妻俩共同抨击、诋毁的形形色色，已成为萝卜白菜那样平常可以理解。夫妻俩都意识到，纵容自己这样思想的基础，是自己必须站在葡萄架下、伸手可以摘吃葡萄的人。人还真够贱的呢！有一天叶起秀突然发出如此感叹。江坤击掌说：凭你这句话，也够格当院长！夫妻俩都是深具慧根的角色，在面对这种感悟时，都不免在内心上吃了一惊，可怕地多了一层理解，同时也多了一层隔膜一种疏远。叶起秀破译了丈夫江坤缘何呈现如此心态时，几天后她对丈夫说：江坤，阿桑挺不错的对吧？江坤答道：阿桑的确不错，责任心强，业务精熟，总之她办事我放心。叶起秀说：我是指你对她、她对你挺不错的吧？江坤说：这有什么可奇怪的，她跟我打工挣工资，我当老板获大笔利润，彼此信任彼此有所关照是根本条件。

算了，点到为止吧。叶起秀对江坤的诡辩付之一笑，发现自己竟没有往深处挖掘的欲望。让她恼怒的是：江坤居然有恃无恐、蛮不当回事，别说脸红愧疚了！

阿桑是"金世界"百货的业务经理，人生得高挑沉静，有一种莫名其妙的凝聚力。有一次偶然见到丈夫江坤和阿桑走在一起时，叶起秀感到江坤哪像老板，其形象倒过来跟阿桑打工还差不多。更让叶起秀不悦的是，江坤在阿桑面前的装孙子，掺杂有讨好的成分。

一个月后，叶起秀在"仙都"夜总会看见江坤和阿桑双双进入包厢的背影。不过，此刻叶起秀只好感叹，自己不也是应了另一个男人的约汇入了"仙都"之流吗？

半年前有个患者指定要叶起秀主刀割胃。患者是一个和江坤年龄相仿的男士。此人气度非凡，不管哪一方面也是江坤所不能比的。当然手术很成功。临出院时，此人悄悄往叶起秀口袋塞了6000元红包。叶起秀退还他说：留着再次割胃吧。此人说，割十次胃我也不缺这点钱，倒是我思量一下得留条后路，要不下次再请叶主刀可就难了。叶起秀说：准没门！说完一甩脸色扬长而去。过后她虽感到自己有点儿装牌坊的味道，可也不怎么放在心上。但这一夜，她鬼使神并没有拒绝此人的邀请。

深夜叶起秀从"仙都"回家，看见江坤已经躺在沙发上，模样是睡着了。可没等他脱下风衣，他便张口说：起秀，王山林此人还真他妈的是个高手，我刚下海学"游泳"时，间接几次被他摁进水底，差点冒不出头来。叶起秀说：你不是在说梦话吧？江坤说："金世界"早上——不，应该说昨天早上卖出一挂12000元钻石项链，我获利数千元；你更实惠些，整个儿的拥有。叶起秀顿时明白自己和王山林的行踪也在江坤的视野里。于是说：这么说你还醒着嘛。江坤笑笑。叶起秀说：不过我告诉你，我并没有要它。说完便洗澡去了，洗完回卧室一看，江坤已悠然入梦。

多半年来，王山林一直在回味让一个漂亮女人拿刀子把自己的腹腔剖开，然后缝合回去的感受。这个女人半点也不见凶狠，那双眼睛明慧沉毅，刀法精准。手术的全过程就是他从肉体到灵魂均被收拾清理了一遍。这是一个不一定被金钱打动的女人。

王山林的手机响了。是小玫的电话。他告诉小玫说没有空。小玫说：山林，不然的话告诉我你在哪儿。"难道我连说"没有空"的权利都没有了？"小玫说：山林，多半年来你都对我不理不睬的，我觉得你被割掉的是胃口而不是酒囊饭袋。要是你厌烦了，我觉得再被你瞎养在这儿就很不是滋味，我到了该走的时候了。"好，你开个条件吧。"算了吧你。王山林听见对方哭了起来。

王山林举着手机怔着。妻子珊莲捧着给他替换的衣服进来，见状说：山林你别理他们，谁也不体谅你动过手术，谁也不给你片刻的安宁……

王山林没有洗澡便找房间独自睡去了。睡后他做了个噩梦，惊醒后他最强烈的欲望就是给谁打个电话。

电话打通了。——喂，你找谁？王山林说：起秀，我这会儿真想能约你出去走走。她说：你疯了，现在是下半夜。王山林说我刚才做了个噩梦，梦见把你强暴了，然后被抓赴刑场，胸前背后都挂一面"强奸犯"的牌子，一声枪响，被打死了才惊醒过来。当时我被吓坏了，——我怎么会那样？！她听后笑了：这不正好暴露了你的丑恶灵魂，你真该反省一下了。

谢谢。王山林说，谢谢。

江坤醒了：下半夜谁的电话？叶起秀说：王山林。江坤说：我猜也该是他。叶起秀说：他说他做了个噩梦，吓醒后就给我打电话。江坤说：这个噩梦肯定跟你有关。叶起秀说：你这样说是什么意思？江坤说：昨天阿桑对我说，江总，我感到，这段日子你和妻子是不是正在隔海相望？叶起秀说：这是阿桑在试探你。

不见得吧。江坤说，我是很清醒地在珍惜我们这种能够对话状态的。

（载《青年作家》2010 年 1 月上半月号）

◀ 相师吊八智

这个叫赛凤若的女人，第二天大早便给自己整完妆，手上提了一包乌龙茶精品"奇兰奇香"，向本城的东市区文水胡同走去。

文水胡同是一条死胡同。相师吊八智就住在文水胡同末端那座旧房的三楼上。这座土木结构的楼房，古老的腐朽情调说明它已不适合人们的日常家居。据说这座楼房曾数易其主，但至终均不免沦为绝户。那么，结果这座楼房就无人问津了吗？却也不见得，后来有个外号叫吊八智的相师便看中了它。最初他以三块、四块，后来五块的月租金，向这座旧房主的宗亲租住至今。他择此居住，竟奇迹般幸存于破旧立新、横扫一切牛鬼蛇神等岁月，在这座不祥的楼房里安然度过了三十多个春秋。

三楼朝前的房间很小，但光线充足，既亮堂也很暖和，与一二楼的阴暗潮湿相比，这个房间简直就是一座悬于空中的小屋。相师吊八智租下的虽然是整座楼，实际用上的却仅有这个房间。

相师吊八智快要八十岁了。这个光杆老人的身材十分瘦小，尖嘴塌腮，状若一只衰惫的老猴。他长着一双野猫眼，圆而蓝幽幽地亮；平时观顾事物，斜睨一下就算已经洞明了深意。这一天，这个叫赛凤若的女人到了三楼上相师居住的房间里，她怯生生地挨近木板椅坐下来，然后将那包"奇兰奇香"放在相师面前的矮几上，开口说：

"吊老先生，请给我看看相吧：要看个明白、道个周详的。"

赛凤若刚坐定，便感到相师吊八智抬高的目光向他飘移了过来。片刻后，示意要看她的右掌。赛凤若的右手在相师吊八智的掌上放足几分钟，才听见他说：

"你的脚板。"

赛凤若脱下凉鞋，把脚板放在搁脚架上。

相师吊八智说：

"你发际气色荒芜；手穿断掌纹；脚趾类珠，脚板浊重无痕。还有——如何称呼你？"

"赛凤若。"

相师吊八智于是开始断命说：

"你小时候要是没有被父母贱卖、当了外姓人家的童养媳，眼下你娘家在世的人已经很少了；要是你二十岁前嫁出家门，你的丈夫必遭横死：或做工被墙压死、或出门被车撞死、或上山坠崖而死，总之是不得善终的；要是你在二十五岁前再行婚嫁的话，那么第二个丈夫是非死在你身上不可的；你膝下无儿无女，——要是你怀过孩子的话，眼下你再也不能生育了……"

据说，相师吊八智的"铁嘴"断命，从来都是说一不二的。

这个叫赛凤若的女人聆听至此，早已泣不成声。她站了起来，转身下楼，蔫不拉走了。相师吊八智取出一支牡丹牌香烟点上，吐纳缓长的气息吸着。十几分钟后，这个叫赛凤若的女人回来了。她买了本城著名的风味小吃小笼蒸包和烤牛肉。传闻这两样东西是相师吊八智百吃不厌的。小笼蒸包及烤牛肉各用一只食品袋装着，赛凤若又一次轻轻地将它们放在相师面前的矮几上。

"吊老先生，也快晌午了，吃些东西垫垫肚子吧。"赛凤若说着，同时发现她刚才提来的那包"奇兰奇香"已不在矮几上了。

相师吊八智当然不用跟她客气，伸手便抓烤牛肉片送进嘴里，接着又抓了一个小笼蒸包停在手上。

这个叫赛凤若的女人不吃烤牛肉，她一边吃小笼蒸包，一边向相师吊八智叙述了自己如下的不幸身世：

赛凤若十九岁时，她唯一的亲人——爹去世后，她就自己做主嫁给本村一个五大三粗的年轻后生。一年后她有身孕了，但同时也得了病。到医院检查后，结论是必须开刀切除葡萄胎；由于病情严重，为根除后患，不至于今后再次危及生命，据医生建议，她做了绝育手术。几个月后，丈夫上山砍柴，让意外倒下来的一棵栗树砸死了。她经人介绍进城嫁给一个小铁匠，倒是让她过上了几年的好光景。没想到前年炎夏的一天，打铁铺对面有一户人家正在操办喜事，设宴请客，烧干柴的炉灶数十个钟头不停火，只见伸过瓦盖的烟囱突然蹿起一股火舌，便登时起火了。这险情恰好被对面的小铁匠看在眼里，他二话没说，找到几处垫脚的，提了三五桶水跃上屋顶，利索把火给灭了。那户人家感激不尽，拉他去吃宴席，盛情酒肉款待，吃到天黑才让他回家。估摸他已经吃了七八成酒，没有办法的，因做了件好事而得人盛情款待，竟让他兴致难以抑制。夜间他要过房事，不知怎么的就粘在她身上迷糊糊的不肯下来了。等她感到不对劲，这个小铁匠已虚汗暴脱，鼻息微弱得接近停止。她这才慌了神，可为了顾及体面她还是手忙脚乱为丈夫也为自己穿戴个整齐，再喊人前来抢救，那还来得及……

女人说着，泪珠吧嗒吧嗒往下掉，居然一颗一个准儿落在她手中的小笼蒸包上。

"吊老先生，你行个善心吧：我今天专程起来，不为别的，就是要你给指明一条生路的。"

相师吃饱了。他拿眼掂量一下矮几上剩下的小笼蒸包以及烤牛肉片，还足够他傍晚吃一顿。另外，这会儿他又看见这个叫赛凤若的女人从裤兜里掏出两张面额为拾元的票子，压在他的矮几上。

相师吊八智将这两张崭新的票子收好，打了个年老泄漏的饱嗝，说：

"你替我把没吃完的东西放到壁橱里去吧。"

赛凤若恭敬如是，马上照他的话做了。

相师吊八智说：

"要说人的生路，不就是求个吃穿用度不缺吗？"

赛凤若也点头称是。

相师吊八智说：

"我刚才还观察了你的坐姿吃相、你的言行举止，觉得你并不是一个命薄心高的女人，说到底还是有生路可走的。"

这一句话，无疑给这个浑浑噩噩的女人闪了一道亮光。

相师吊八智说：

"你还是嫁人的好。不过这次再嫁，主儿要必备三个条件，第一得是个五十左右岁数的半老头子，膝下儿女成堆、死了老婆的；第二得有供养你嫁后至终老积蓄的；第三得是个钱、金、钟、铁其中一种姓氏的男人。你相格刑夫戕子，既孤且贫，嫁个年纪大的，世事阅尽、懂得爱惜你的；你刑夫他克妻，命数相当的；你虽戕子，但并非你亲生儿女，就算殃及也为祸不深；你的命强硬尖锐，但只要嫁个姓金属的，也就刀枪砍削不入了。这是万全之策，般般为你考虑周到了，你务必牢记心上。三个条件缺一不可，只要一件不合，你即使再嫁，也还是不能安身立命……"

这个叫赛凤若的女人告别了相师吊八智，心怀若有所思，低头快步走了。

相师吊八智为了一包"奇兰奇香"精品乌龙茶，为了两顿好吃的，为了两张拾块面额的崭新票子，为了自己又一次相形断命的顶峰造极而兴奋得毛孔翕张。但是，当他的目光不禁扭向窗口，望下文水胡同时，看见刚被他相形断命过的女人，正在胡同里蹒跚地向外走去：

这一天相师吊八智从背后看到这个女人晃晃的头颅，就像一颗浮在水面上的球；她的肩背硬若搓板，犹如戴一副挣脱不开的枷锁在行走着……

相师吊八智疑心自己为这个女人指点迷津，是不是有点儿太过分了？为此他蓦地激灵了一个震颤，立刻感到自己的目光就像在一片白雾似的长袖之中无力地扑腾着。他连声说了几个坏了，然后自言自语道：

"你道破天机，咎由自取！"

当天傍晚，相师吊八智就感到自己和平时不太一样：好像根本没有什么事似的，但任凭他怎样努力，他也得承认自己确实不想多动弹了。他从壁橱里拿下小笼蒸包和烤牛肉片，也懒得回炉热一遍它们，便就冷吃了。到了夜半，相师吊八智猛觉自己的肚子挺难受的，闹着要出恭。于是他把灯拉亮。不知道是因为职业的需要，还是他爱干净的缘故，三楼上没有放马桶。他想到即将奔涌而出的污秽物，至少也得泻到二楼的马桶上去。不料在肛门那儿告了个十万火急，他前脚踩空，也就一切由不得他了。这当儿，他就像一个小孩在儿童乐园里坐滑梯一样。不同的是他的头朝下，顺着梯阶从三楼上咚咚响着，灵魂一提溜破空而起，瞬间便滑到二楼的楼板上。

第二天，有两个刚涉足爱河的女生，悄然来到文水胡同找这个活神仙测断一下命运前程。当她俩轻脚登上二楼时，便看见这个活神仙身穿缁衣，头部抵住二楼楼板，四肢叉开，活如一只被风干了的黑蝙蝠斜挂在楼梯上。这两个女生见状失声尖叫，立时掉头狂奔了起来。

（载《佛山文艺》1999 年 8 月上半月号）

◀ 族叔哑狗

一

爹都当大队支书了，仍要老日被妈挂在鼻头上哼哼。妈逢人便说，当了又如何，有什么零星好处，还不得件件桩桩由她出面去拼命才争回来？久而久之，在孩子们的心目中，吸闷烟和粗布衫、笨口拙舌的爹，果然是本本分分的窝囊相。妈则样样逞能，凡事拿大得很。所以妈每做一件事，总要把爹的无能当作口头禅。比方说刷锅吧，妈就说："当支书也不见多了油水，瞧这生锈了的锅一天刷几遍都刷不干净！"不过妈有一个是埋怨对的，她说："当支书就了不得了？不当才用不着我每天擦板凳呢！"的确因为爹当了支书，串门的人多，那条板凳被坐得油光发亮，妈每天都要拿抹布去拂拭几次。

说到擦板凳，倒让我记起一个小名叫哑狗人物来——他肯定是有学名的，因大人不曾提起，我也就无从知晓了。妈擦板凳的用意并不是为了哑狗，但他却坐得最多，要是你不太当真地看去，他多日不洗的裤底就和我家那条板凳几乎是一样的颜色了。

听爹说，哑狗生下来很长时间，路都走七平八稳了还不会说话，大家便叫他哑狗了。叫上哑狗，他就慢慢懂得学舌了。

在宗族里，哑狗高我一个辈分，已过而立之年，按理应叫他叔，可爷爷却说他和我们一样，还是个孩子。看他沉稳的模样，唇上又稀拉长着几根胡须，皮肤蜡黄，颧高额凸的已苍老得可以，却还是个孩子！爷爷解释说，哑狗是讨不了老婆的，自然是不可能有儿女的，辈分也就停在那儿了，当大孩子可是永远的！

哑狗还是孩子，只不过是大孩子而已！于是我们便呼啦浪涌过去，争着骑在他的脖子上，驾驾驾地叫着。这时候的哑狗便一脸严肃说："坐稳，摔下来我可管不了！"经他一说，"骑士"免不了要害怕，慌乱间又抓住他的头发，这下倒真的像骑在马上了。

有一次大人不在家，孩子们得寸进尺，联络几个爱闹腾的，等哑狗坐在板凳上迷糊眼的时候，哇一声几只小手同时出击，把他推翻在地，套住他手脚打了活结的麻绳立时拉紧，便把他给拿下了。兴奋不已的七八只小手，又忙乱地去扒拉他的裤子。哑狗挣扎不得，一张嘴忙不迭说："不能这样玩……不能这样玩……"孩子们只顾乐，并不去理会他的哀求，等裤子被脱到膝下，这才呆立一旁，嘴里咬着指头，惊讶得没有一个能说出话来。

过后孩子的恶行被大人臭骂了一顿，却又跟着乐了一番。哑狗也不记仇，就像我家缺他不得，照样一天四时都到。"哑狗，你吃饭了吗？"他的到来是静悄悄的，一家人都认碗吃饭，可以视而不见的，但最终妈还是打了这样一声招呼。

"吃过了。"哑狗说，"大嫂又焖饭了吧，香喷喷的，一闻我就知道了。"

"碗都被孩子扒光了，要不也请你吃些……"

妈是咽着话音说这话的。哑狗便不再言语，静静坐着。这时候他会卷支叶子烟，夹在指缝间，点上吸起来。

三弟吃得快，吃完了总要亮碗底给妈看，博她一句赞许。然而妈的嘴巴有时是拿不准的，抓起三弟的碗打个忽闪便扔进泔桶里了，骂道："闹饥荒了，这么能吃，搁锅里的一点饭哪够你爹的胃口！唉，还烧焦了呢！"

"我来吃烧焦的锅巴！"

本来哑狗是陶醉于吸烟的神态里的，却不料突然接住妈的话头，走到灶前取了锅铲往锅底使了劲，刨起一块锅巴卷成筒状，一手抓一手托着，才退回板凳上有滋有味吃起来。一时间妈也是诧异的，似乎是反应不及，张了张嘴，却没有说出话来。

"妈，我吃不完，倒掉啦。"

二弟吃饭的秉性是喜欢留尾巴，扒着半碗饭，已走近泔桶。

"倒掉怪可惜的，我吃！"哑狗走前几步，伸手要去接二弟的碗。一向张嘴就来的妈竟一时找不到话说，夺过二弟的碗添满饭，和筷子一并递给哑狗，哑狗把半卷锅巴搁在碗上，使用筷子吃了起来。

妈把锅里的饭统统铲进一口陶缸，放进大铝锅的热水里焐着，等爹回来吃。随即刷锅，给泔桶加了糠、切碎的青菜帮子，准备去喂猪。这时候哑狗恰好吃完饭，对妈说："大嫂，让我来！"说罢轻易利索地提起泔桶便朝门口的猪圈走去。

妈直起腰来，怔怔的，望着哑狗几步走前去的脊背，脸上露出我永远也说不清道不明的一种神情来。

二

几年后我离家求学，接着混社会的饭碗，待在家里的时间是少而又少，儿时心目中的人事已淡忘得差不多了，却莫名其妙记得妈的那个神情及没有老婆孩子垫脚、永远是大孩子的哑狗。

爹不再给大队（现称村）做事，从经营了三十多年的职位退下来的那年，我从外地匆匆赶回老家。爹很平静，家里也很平静，已经没有人再上门要我爹解决什么事了。一个忙碌了近一生的人，突然一天没事干了，爹已是一个老人了。回家小半天，我便拼命找话题。问及哑狗，爹说：

"哑狗还来串门。"

妈正在灶台上煮菜做饭，也没有忘了掺和一句："哑狗有老婆了，叫秋香，是一个厉害婆娘。"

哑狗有老婆了，老婆还是一个厉害婆娘，我不免讶异了一番。妈说："他是瞎猫撞死老鼠了，是秋香前世欠他的债。"我说无论如何，哑狗总算讨上老婆了。妈叹息一声说："秋香虽然厉害，哑狗却还是老样子。幸好秋香还算认命，要不日子就过不下去了。"

妈的三言两语，让我有了见哑狗的欲望。

其时饭菜已经上桌，妈望一眼爹，对我说："吃饭吧。"

谢天谢地，妈并不像我预想的那样，由于里里外外做事已经少有人呼应而对爹没完没了地唠叨。

这是我回家的头顿饭，妈特意宰了一只鸡，炒了糖醋肉，煮了蘑菇线面，上了酒。我将炖鸡朝爹面前挪去，妈也默许，就开席了。

"哑狗串门，总是在这时候。"妈一边说，一边掰一块鸡腿要递给我。我说："给爹吧，我爱吃鸡脖子。"爹说："给老三吧。"三弟接过鸡腿放回钵头，眨眼望我，我明白三弟的意思，于是先和他碰杯喝了一口酒。

就在这时候，哑狗来了。

妈说："老三你靠边吃，让位子给你哑狗叔。"

"难怪办了一桌好吃的，原来是大侄回来了。"哑狗朝我打了声招呼，一手按住三弟，一手拉来高凳，"我吃过了，就坐在边上凑个热闹。"

妈给哑狗添了酒杯，二弟给他斟酒。我说："你喝酒吧，也随意夹肉菜吃。"

我竟一时颇费踌躇：到底是称他叔还是直呼其名好？

哑狗在众人的催促下先吃了一口蘑菇线面，又哧溜喝了一口鸡汤，才和大家一起喝酒吃菜。

我不知道是时代还是讨了老婆的缘故，反正哑狗胖了些，也白净多了。

三弟急性子，胡乱扒几口便离座了，妈抓了钵头里那块鸡腿递给哑狗，哑狗接了鸡腿转到爹面前说："大哥吃吧。"爹伸手挡了，夹了一片糖醋肉放进嘴里。那块鸡腿接着晃到我面前："大侄吃掉它吧。"我学爹的样子挡了，伸手去抓酒杯喝了一口酒。妈不高兴了，嚷道："又不是孩子，不吃就给放着！"

　　哑狗不得已，也就放开吃了。

　　"又不是孩子"，哑狗的确不是孩子了，虽不见儿女出头，可他娶秋香当老婆了。

　　正当我想起爷爷说哑狗讨不了老婆，没有儿女垫脚的话，不经意间，一个双手叉腰的女人就出现在饭桌旁了。看哑狗的神态，我便猜测是秋香无疑。

　　这女人镶一颗金牙，身材中等偏下，站的是要撒泼的姿态。

　　众人都招呼秋香也坐下来吃些，秋香不予理睬，逼近哑狗，拿指头戳他的额门说：

　　"我问你：满满一钵头猪蹄，谁吃了？"

　　"三年前吃的，还刨出来说……"

　　"我问你：抽屉里的七八个鸡蛋，长翅膀飞了？"

　　"我哪知道你是想孵小鸡的……"

　　哑狗就这样低声顶着嘴。

　　"好哇，家里也不是没有买过鱼割过肉，就你长一张嘴巴？东家游西家逛的，要不要一张脸皮？——你这就给我滚回家，否则别怪我不客气！"

　　哑狗唯唯诺诺地，低头顾自走了。

直到这一刻，秋香似乎才看见我，说："家里来客人呀！"

妈说："是老大。"

"我知道大伯是有学问的，又在大地方见了世面。"这女人的声调软了下来，"哪像我家的贱骨头不认理，只管一张嘴，都让这四邻八舍的亲人给惯坏了！"

妈说："不就是吃点喝点，谁计较！"

"有了大嫂这样的纵容，也就难怪哑狗那样好吃懒做不争气了！"不想妈的一句话，使得再次变脸的秋香拂袖而去。

经秋香这一闹，谁也没兴致吃了。妈默默收拾了残余，把饭桌擦了。

几天后我又离家了，写信时也附带问及哑狗，三弟回信说，哑狗还是一天四时都来串门，秋香不很管他了。

三

年头老家修了族谱，要我这个"有点出息"的人也回去庆祝一番。我在族谱里横看竖看找不到哑狗。爹说："哑狗是仁字辈，族谱里立大名仁远的，就是他了。"

（载《飞天》2009 年 7 月号）

◀ 园山上的桃花

一

胡葵三在园山坎上草寮里找到女婿许三春时，小冬瓜正好裸体窝在许三春的怀里。小冬瓜的肩脖溜了趟瓷似的细腻光滑，乳房显得柔软温存而巧妙无匹。老头子葵三顿觉自己的目光有了年轻时节的做派，来了个猛可里的碰撞，一颗心便晃摆开去。让老头子葵三看见如此巧妙的一对乳房，他发觉自己的根底被掏空了，不免摇头叹息起来：这个许姓姑爷他怕是要不回来了。可怜家里的糟老婆子和丑女惠儿还成天牵挂着他哩！

在园山，投入老头子葵三眼际的是三月桃花漫天艳荡的映照，那虚怯得他直想委地爬行的光景，老头子葵三越发显得猥琐不堪。他觉得没有话说了，转身便走，可走了十几步，他又转身回到茅寮里，冲着小冬瓜问道："你是谁？"

"我叫小冬瓜。"

然后小冬瓜抚摸着许三春的胸口，问道："他是谁？"

许三春说："他是我的老丈人胡葵三。"

"既如此，我去给他倒杯茶。"小冬瓜说，"老丈人你把脸扭开会儿，让我穿件衣服。"

老头子葵三感到自己的目光烂泥似的不听使唤。但小冬瓜说完就抽身要挪出被窝，这下他被吓着了，有点语无伦次说："我傻着干什么？我还喝什么茶？我还是回去吧。"

当葵三的身影离开茅寮时，小冬瓜就又问道："三春你别吓我，告诉我他到底是谁？"许三春说："他是个了不起的人。"小冬瓜说："可依我看他只是你的老丈人罢了。"

二

许三春在园山开了六口瓦砖窑。六口瓦砖窑的烧制日夜不停，已使园山缺氧而荒凉。但桃花的开放反倒盛况空前，谁见了都觉得心颤不已。多半年来小冬瓜拨扭着腰臀在许三春的视野里时隐时现，最后终于跌入许三春日渐收紧的口袋里。千辛万苦的小冬瓜既想哭又想笑：

许三春是个地地道道的狗杂种。可乡里哪个年轻人也没法和这个狗杂种相比。

三

园山的桃花开得有多艳荡啊！回到双纳寨，老头子葵三就只剩下这个莫名其妙的感叹。

糟老婆子凤桂问道："三春呢？"蹲在灶膛前烧火的丑女惠儿，等待的心情更是显而易见。葵三说："当初人家嫌弃他的时候，我们要了他……"惠儿接口说："眼下谁也看好他的时候，他就不要我们了。"凤桂说："你父女俩吊什么字眼哩，我听不懂。"葵三说："不懂你也得懂。"惠儿说："妈你有什么好急的，连我都不急。"

老头子葵三说："等着瞧吧，好日子在后头哩！"

第二天，许三春托人给双纳寨的胡家送来了三千块钱；第三天发来了一车瓦片两车砖块。老头子葵三把砖瓦卖给左邻右舍，合计七千块钱由惠儿收好。十多天后许三春回到双纳寨，看见家还是那座逼仄阴湿的小瓦屋，好像一切都没有发生过。返回园山时，许三春重又审视了一番自己暂住的茅寮，外观丑陋的茅寮，里面却像个小宫殿。许三春于是感到烦躁。小冬瓜说："要不给他们买台彩电音响什么的。"

这样，双纳寨的胡家就又多了一台大屏幕画王彩电和一台爱多VCD。

当然，没过几天它们就又不见了。

小冬瓜说："他们到底想怎么样？"许三春说："我也不知道。"小冬瓜说："干脆你跟胡家的惠儿打离婚，我要你把我明媒正娶了。"许三春说："搁后些再说吧。"小冬瓜说："为什么？"许三春说："当初人家嫌弃我的时候，他们要了我；眼下连你也看好我的时候，我把他们扔了，这有点于理不通吧？"

四

双纳寨胡家的日子依旧是忙碌的。老头子葵三牵猪牯走家串户给母猪配种。糟婆子凤桂喂鸡鸭猪狗，丑女惠儿养兔。只是彼此间话题很少，生活闷沉得慌。

时光闪忽，又是一年春三月的时候，园山坎上的茅寮遭了火灾，许三春给烧死了，被烧死的还有一个叫珊娟的姑娘。老头子葵三悲叹姑爷把福享尽了，闻讯后痛哭失声。糟婆子凤桂和丑女惠儿也就不停地陪他流泪。

哭后葵三率领糟婆子和丑女去园山收拾姑爷的尸骸去了。到了园山，小冬瓜也哀哀地赶来了。葵三的心情便有了说不出的滋味。

小冬瓜说："本来我是大早就要去公安局自首的，可我想了想还是跑过来先告诉你们一声：不错，是我放火烧死那对狗男女的。"

五

瓦砖窑停烧了。说也奇怪，这一年园山的桃花也开败了，孤零零的只有几朵，朵头也很小。

（载《佛山文艺》1999年8月上半月号）

◀ 喜勺旅舍

························

一

出门在外的金昶与余生相遇于扶州。一个烟雾溟蒙的傍晚，在余生前面走的是穷途末路的落魄书生金昶。无声无息昏倒在地的金昶绊了余生一脚。余生救起奄奄一息的金昶，同时为实现金昶的心愿赠纹银三十两。临别时，烟雾似乎在此刻静止而后散开，半幅已无光芒的残阳血一样放出红艳来，使得灰茫茫的大地诡异万分。金昶内心大撼，执意要与余生结拜为异姓兄弟。举行的仪式相当简易，他俩撮土为香，发了不求同年同月同日生但求同年同月同日死、有福同享有难同当之类的盟誓，之后便匆匆分手了：金昶往北余生往南。

往北的金昶赴京赶考，往南的余生为生计而奔波，走向香城。

往南的余生摸爬滚打数年，挣够了立足香城的资本，于是做了个惊人之举，在闹市区购下当地人称之为"银砦厝"的一座土楼，挂上"喜勺旅舍"招牌，坐镇经营下来。

余生之举在香城掀起轩然大波。众所周知，喜勺旅舍的前身银砦厝原系血淋淋一处凶宅。银砦厝占地三十余亩，是一座内有通廊的三层四角楼，气势宏伟为当地仅见，系香城标志性建筑。在五年前风雪交加的冬日，三个青壮男子悄悄走进香城，不多时便在香城的闹市中心理出一块地皮。讶异的香城人看到，从那块地皮不声不响搬迁出去的，要不是香城大户就是腰缠万贯的商家：到底何人能有此等能耐？！大户和商家对搬迁一事讳莫如深，当他们豪华的楼房被夷为平地时，过惯平静日子的香城人，就像有一把利刃的进入，让他们的内心感到一种无可言状的疼痛。三年过后，一座内有回廊的三层四角生土楼出现在翘首以待的香城人心目中。四角楼墙厚五尺，墙脚砌了高一丈二尺的石条墙裙，除了一道严丝合缝的楼门，直到三楼才给每个房间朝外的方向安置一眼小窗，壁垒之森严让香城人的内心充满了惊惧。

这座挂"银砦厝"牌匾的建筑，让多数香城人感到某种不祥。

当然，此后发生的事让香城人更是始料所不及。先是那三个青壮男子在四角楼落成之日内讧火并，竟无一幸存，由各自的随从雇车马带上主人的尸首，仓皇逃离，留下一座洒满血腥的空楼。然而，香城人的惊惧似乎还在升级。某天黑夜，一个醉汉鬼使神差走进四角楼，翌日大早便见此人倒毙在距离四角楼的几十步外：他是在极度惊慌的情况下爬出来的，七窍流血，从四角楼里拖出一条长长的血线。出了个把月，一个流落香城的乞丐投宿四角楼，夜半时分狂奔而出，语无伦次说了长舌头吊白眼、血盆大口那些可怕的话，而后便人事不知地疯了，其行迹不知所终。自此后再无人涉足银砉厝，远远望见它，唯有其楼体的沉重、石墙的冰冷和内涵的恐怖。

随着时光的流逝，又有一个人在人们的不知不觉中走向香城。这个人就是余生。余生来到香城没有引起任何人的注意。他身无分文，在香城的大街小巷探头探脑。余生和乞丐的区别在于，不乞讨的他靠出卖苦力换口饭吃。入夜后，急于栖息的余生走进银砉厝——那是香城人感到余生存在的一瞬间。

二

第二天破晓，香城人看到打着哈欠的余生从银砉厝完好无损地走了出来。

余生白天出卖苦力，夜宿银砉厝。毫发无损的余生引起了香城人的惊奇。在这一段时间里，卖苦力的余生特别容易找到东家，因为不管余生走到哪里，哪里的生意就特别红火。

余生在好奇的香城人面前，每一天的说法都不太一样。他说夜间的银砉厝会发生许多稀奇古怪的事情。他说夜间的银砉厝简直就是一个热闹非凡的圩市。他说夜间的银砉厝简直就是一家大旅舍，形形色色的人很多。有人感叹余生的胆量。余生说他已是一个走投无路的人了，也没有什么好怕的；再说夜里他也没闲着，得上上下下的当他们的差，当然只要他勤快恭谨，一份工钱还是少不了他的。余生说着从腰间掏出一块碎银，其形色果然跟香城市面上流通的不太一样。

余生和银砼厝联系在一起的奇怪，让香城人充满了惊异。

在白天，七八个胆大的集结在一处，刀枪棍棒的，在众目睽睽之下吆喝着向银砼厝逼近。这伙人从银砼厝出来时并没有什么异样。他们说银砼厝里空荡荡的，除了布满灰尘他们什么也没有看到。可他们却有一个在楼房里走闪了脚，隔天踝关节那儿便肿胀得走不了路；另一个眼睛被惊飞的蝙蝠翅膀扇了，随后眼睛越揉越痒，流泪红肿，眼见距离化脓溃烂已经不远了；再有一个回家后噩梦连连，不几天便瘦得脱了人形。而共同的迹象是，这七八个胆大的都变胆小了，此后过的便是惶惶不可终日的日子了。

香城人猜测，这七八个多事的肯定见到什么古怪，只是不愿意多说而已，否则的话何至于如此？

入夜后的银砼厝是黑暗的，这跟余生的说法相去甚远，难道银砼厝还有个地下城堡不成？

三

可以密切关注银砼厝动静的，不乏其人。

其中就有一个是香城知府颜以藐。

知府颜以藐在香城已有几个年头，他对银砼厝的好奇不亚于任何一个香城人。颜以貌深居简出，不喜欢抛头露面，香城人基本上见不到颜知府的真面目。他出巡时从不撩开轿帘，万不得已办案，府衙的公堂上能照见他的光线全被遮挡，也就是说他能看见堂下的百姓，百姓却看不清堂上的老爷。据说颜老爷弱不禁风，武备也稀松平常，奇怪的是这样的老爷却从不误事，把香城治理得夜不闭户路不拾遗。更让香城人服气的是，周边各地频遭匪患，香城却独享安宁。

这个让香城人讳莫如深颜老爷，实际上是香城人再熟悉不过的，因为他隐瞒得好，让香城人看走眼了。

因为银耷厝无主闲置，又让香城人避之唯恐不及，所以当余生向官府递上呈文时，颜老爷除了要求照章纳税外，整座银耷厝无异于赠送给余生。

四

余生给银耷厝换了名堂，挂上"喜勺旅舍"的牌匾。

余生是把经营好手，一年半载后，喜勺旅舍已是集餐饮、住宿、娱乐之大成的场所了。喜勺旅舍神秘、刺激，但必须适可而止，否则其凶险仍然时不时地就会狰狞惊现。

颜以貌的管家叫郝本。喜勺旅舍开张成规模后，郝本常于深夜溜出府衙，他对东城的大街小巷很熟悉，不多时便闪进喜勺旅舍。久而久之，香城人便觉得这个郝本和知府颜老爷不太像是一路人。

有一个叫周礼的外地人，他挥金如土，似乎有用不完的银票，在喜勺旅舍住了近两个月，吃了遍也玩了遍，还不想离开。这是个大主顾，余生自然不敢怠慢，隔三岔五便有宴请。混熟了，余生渐渐看出这个周礼虽富可敌国，却是个走投无路的人。

漫不经心之间，周礼免不了露出口风，原来他是看中山重水远的香城了。

原来周礼想在香城找个稳妥的落脚处。

没有这种地方。余生表示爱莫能助。

五

周礼和郝本相识是因为两个人同时看中陪酒的秋叶。余生干脆置办一席，由秋叶、春红作陪。茫茫人海真是难得，周礼竟和郝本一见如故。

在郝本的安排下，周礼被人秘密送往凤梦山的猫眼洞。

几个月后，匪窝凤梦山的猫眼洞被一锅端掉。

这下香城人咋舌了：原来这个文质彬彬的周礼竟是朝廷锦衣卫的一员猛将。原来知府颜以藐就是那个上京赶考的书生金昶，他和管家郝本竟是同一个人。

随着谜底的进一步揭开，香城人终于真相大白：当初建造"银耆厝"的三个青壮男子，原来是凤梦山猫眼洞的土匪头目，他们以威逼利诱、无所不用其极的手段，在香城闹市区黄金地段理出一块地皮建造银耆厝，建成之日的内讧火并是事先设计好的一种掩人耳目之举。这之后有两个人相隔数年被分别掳上凤梦山的猫眼洞，前者是包袱里裹有金银的余生，后者是到香城上任的知府颜以藐。

在官匪勾结的背景下，喜勺旅舍成了匪徒的据点和集散地。

有很长一段时间，香城人免不了脊梁发冷：土匪居然可以达到操纵控制一个地区的能量。

（载《芗城文艺》2017年第二期）

在雨夜的叩门声里

◀ 婆　婆

....

在一个僻远的镇上，老中医在迎枕上捏脉，垂睫凝神。被诊断的是少妇，十分诧异地看着他要瞌睡过去的样子。在少妇的肚子里，有六个月大的新生命正微微地撞冲着她的心尖，她非常担心老中医透过那"三指禅"就能说三道四。"老医师你看……"少妇的身畔站着一个精壮的婆婆，梳油光发髻，心思急躁。

"有几个月没来红了？"老中医终于把脉摸完，朝少妇发问。阿弥陀佛，老中医总算没有瞌睡过去。当婆婆的松了一口气。"快六个月了。"少妇用稍不经意就犯了罪的口吻说。婆婆补充说："还是单日没来的呢！"

"是单日没来的吗？"老中医好像不太肯相信。

"是单日没来的。"婆婆非常肯定，"老医师你可要看准，男左女有，肚子的左边要高出一点点。"当婆婆的把儿媳的肚子摆正，并在她的肚皮前做了比画。

"是高出一点点。"这一回老中医没有把头抬起就表示赞同。

"还有怀孕前就一直多吃有碱性的东西。"当婆婆的神采飞扬。"吃碱性的东西？"老中医师神色好像一下又模糊了，但他又随即明白了，好像报刊上曾有人撰文说碱性能增强"Y"的活力。

少妇下意识用双手护住自己隆起的腹部，满脸通红。

"老医师经验丰富，肯定会有个说法对不对？"婆婆的口气里充满了希望。"是啊是啊。"老医师的烟支歇火了，擦了根火柴再次点上。"那么您也断是男的了？千万千万……只有这么一胎……"婆婆双手合十，闭上眼睛屏住气。

"那是，那是。"老中医师发觉烟仍不吃火，于是将它揉碎填进烟斗里，又从袋子里抽出烟支，点上火慢悠悠吸起来。

婆婆拉起儿媳，道一声谢，喜滋滋走了。

四个月后的某天，精壮的婆婆去而复返，指着老中医的鼻子吼道："你老吃错药了！"

"我怎么了呢？"老中医一时没能反应过来。

"是女孩！"

（载《闽南日报》1988年7月21日第4版）

◀ 貌有情致的阿桑

　　中秋的一天下午，张坂田村村长德胜来找盛全，见只有阿桑在家，心就痒了：阿桑，盛全呢？阿桑说盛全下地干活去了。村长德胜说：连孩子也不在家，这下我来劲了。阿桑问道：德胜你来什么劲？村长德胜说：来什么劲你来看我的眼睛就知道。阿桑走过来看村长的睛睛，说：除了眼屎，没别的。村长德胜说：那是喝酒喝的，昨晚我跟乡长喝到天透亮。阿桑说：怪不得眼睛拉屎。村长德胜说：阿桑我知道你今天很生气，当初我和狗屁盛全一起站在你面前随你挑，你为何偏要嫁给盛全这个不争气的龟孙子？他有什么好？阿桑说：因为会拉屎的眼睛我讨厌。村长德胜说：阿桑我知道你今天气鼓如牛。阿桑说：那又怎么样？村长德胜打了个饱嗝说：阿桑我还知道你心狠，让盛全一个人在地里干活，让毒日头把他榨出浆来。你倒好，躲在屋里蓄豆芽菜。阿桑说：盛全心疼我，不让我下地干活，这样我才会长得又白又胖。村长德胜说：难怪你越长越妖精了。阿桑说：这下你眼馋了，眼睛不但拉屎还要出血。村长德胜说：阿桑你要是肯不穿衣服让我看一眼，我趴下四脚爬也情愿。阿桑说：我看你敢！村长德胜把脸孔凑近阿桑的胸前，相距只有一寸许，说：阿桑你就让我看一眼吧，看完后我让你打嘴巴。阿桑咬牙切齿说：德胜你知道盛全个性的，我让盛全用锄头把你的猪脑砸出汁来！由于愤怒，阿桑饱满的胸部也往外一挺，差点儿撞上村长德胜的鼻子。

这一天村长德胜之所以悬崖勒马，是因为他知道阿桑是只雌老虎，她说得到也做得到。

村长德胜讪讪离开了阿桑。当他就要走出院子时，看见院墙外站着一个肩荷锄头、双眼冒火往院子里瞅的男人。村长德胜暗叫这下惹麻烦了，脚步便有踩空扑腾的感觉：妈的，盛全干活总是起早贪黑，偏他今天吃错药，赶早回来看他表演露骨的勾当！

盛全进门时的脸孔是阴沉的。阿桑说：盛全你放心好了，我阿桑是颗不见缝的鸡蛋。盛全还是恶毒着脸不说话。阿桑说：一个像馋猫，一个像挨了铳的熊，你们男人都怎么啦？！

事后阿桑回忆，她才明白自己说的这句话时出了个错：她不该对丈夫盛全和村长德胜使用同一口气，没把心情侧重给丈夫盛全，使得他本来就难以咽下的一口气更觉沉闷。

隔天晌午，阿桑背着小筐去割草。穿过村后浅林子时，迎面走来了三位村干部。阿桑对村长德胜说：德胜你留步，我有话对你说。等另两人离开几十步后，村长德胜说：阿桑你回心转意了？阿桑气打不到一处说：德胜，我可要警告你，盛全成天恶毒着脸不说话，你再这样贼头鬼脑的下流相，后果你自己最清楚！

没想到经阿桑一说，在她眼前这个色胆包天的男人，一下便面如死灰了，反让阿桑大为不忍：德胜你怎么啦？村长德胜说：阿桑，看来盛全就躲在附近不远的地方，盯着你和我。

不会吧？阿桑表示不相信，抬眼前后望了一下。德胜说：阿桑我得走了，日后你就是倒贴，我也不想碰你一个指头了！

村长德胜说罢，搅拌着腿惊惶失措地离去。

其实这一天晌午阿桑差不多也能感觉到，盛全那双紧张而愤怒的眼睛，就隐蔽在附近林子里的某一个地方。

出事之前，盛全找过村长德胜的老婆凤娇，是阿桑两天后才听说的。在村长德胜家门口，凤娇见是盛全时显得很热情：盛全哥，请屋里坐，喝杯茶吧。盛全说：凤娇，不必了，我只想让你知道一件事：请你告诉德胜，要是他还贼心不死，再往阿桑身上花心思，我就对他不客气！

本来盛全以为自己这样做，会得到一个联盟共同去对付德胜。可他并不了解凤娇是怎样一个女人。当她听到盛全说这种话时，让她想起来的首先是阿桑脸上开放的韵致和一寸寸风骚的身段，心中升起的狠意是突发性的，于是她扯开嗓门尖声嚷道：盛全你当什么男人，连自己的老婆也看不住？！别以为就你家阿桑那个 X 喷香，个个男人都会像绿头苍蝇一样争着去腻她！

盛全没等凤娇骂完，便一头沉重走了。他去光棍汉金甸老头那儿抽闷烟。要是往日各自抽闷烟半天不吱声也很正常，但这一天盛全突然咬着牙恶狠狠说：总有一天我要把德胜一家全砍光！光棍汉金甸老头吃惊地抬起头来，看见盛全那张铁青扭曲的脸孔。

出事后盛全对凤娇和光棍汉金甸老头说的话，都成了证据被记录在案。

出事的时间是第四天傍晚，当时阿桑正在家里烧火做饭。

盛全回到家里，锄头往墙角扔，便一捣屁股坐在机凳上，让头埋进双膝之间，两只手狠命揪了自己的头发，艰深地叹了一口气，情绪低落绝望。阿桑走过去递给他烟说：盛全你恶什么气，当心我真的讨厌你！

盛全猛地从双膝之间抬起一张惨不堪言的脸孔，悲哀至极说：不是的，阿桑，出大事了！我担心他们会诬告德胜家的宝儿是我杀的，可我要否认谁能相信！阿桑你要赶快想办法帮我解脱，救救我！

一时间，阿桑被丈夫盛全的恐惧吓坏了。

就在这时候，阿桑听见村口众人高声叫嚷的声音。那是一种有异于平时、发自生命深处惶悚战栗的叫嚷声。阿桑不由自主地被这种声音所牵动，迅步朝村口跑去。距村口还有十几步远，阿桑便了解到这样一个事实：村长德胜的儿子宝儿被人掐死在村东的机耕路上。接着她又听见有人在小声议论：听说凶手可能就是盛全，桂荣两口子亲眼看见的。

阿桑感到此刻的自己已失去任何思辨能力，转身跌跌撞撞地便往家里赶。

盛全，宝儿真是你掐死的？

连阿桑你也这样问我，外人就更不用说了！盛全在自己粗重的喘息声中，嘴唇发灰，有气无力说：我就知道桂荣两口子肯定会对人这样讲的……

事情的经过是这样的：

村东有一条起伏不平的机耕路，左右两侧各傍一条灌溉用的沟渠，因为极少疏浚显得既浅又小，长满了水草。盛全回家走的就是这条机耕路。干了活，加上依旧火热的天气，盛全迈着迟缓的步伐往回赶。他干了一天活，的确累了。当他走完机耕路的中途，突然看见前面那棵柳树下有一种奇怪的响动。这下他的神志全清醒过来了。向前走不了几步，他便看见村长德胜的儿子宝儿倒在机耕路上打滚，两只手在脖子、胸口那儿乱抓一气，一张小脸变得青獠可怖。等盛全快步走近，这孩子便停止了一切动作，直挺挺躺在地上，看样子已经不行了。

本来盛全出现在脑际的第一个念头是大声呼救，并赶快抱孩子回村，但紧接着一个念头使他没有张开嘴巴，并把伸出去的手缩了回来：肯定有人要问这孩子的死因，到时候我如何回答好呢？我的说法有人信吗？如此一来，在这几天里他曾经扬言要砍杀德胜全家人的话，恐怕就会直接引起人们的推测怀疑，而认定宝儿是他谋害致死的……此刻的盛全越想越害怕，于是他对自己说：赶快离开这是非之地吧，反正这孩子已经死了……

肩上荷锄的盛全在不知不觉中步子越迈越快，同时脑子里也在不停转着：我这昧了天地良心的可耻行径千万别让人撞见了才好……这样一想，盛全便把头转过去往身后看了一眼。不看还好，一看他就知道事情恐怕要坏到头了：在他身后十几丈外，桂荣两口子不但已经走近那棵柳树，而且正好抬头望见他……

此刻的盛全已不由他自己了，脚步迈得就像要奔跑起来。

听完经过，阿桑非常生气：树正不怕影斜，你没杀人，怕它个述！

盛全抽鼻子说：阿桑你哪知道，这可是长十个舌头也说不清的事，你要想办法救我……

一个人高马大的男人居然怕到这步田地，看来真的是糟糕透了。果然天刚要入夜，镇派出所人员就驱车到了张坂田村。盛全的供词和各方面的证据基本取齐后，镇派出所决定把盛全带走。

阿桑说：你们已经确定盛全杀人了吗？

李所长说：虽然证据不足，但是到目前为止，盛全行凶的嫌疑最大。

阿桑说：我很清楚宝儿不是盛全杀的，我绝不允许你们把他带走！

李所长说：我们必须把盛全带走。第一，作为公民他有协助破案的义务；第二，根据眼下德胜一家的心态，不把盛全带走，万一出什么事就更难办了。

阿桑把女儿送回娘照看（阿桑的娘家就在本村）。盛全被镇派出所带走后，对于阿桑来说这是一个漫漫长夜。一夜辗转反侧，天刚蒙蒙亮她就起床了。在临去镇派出所之前，她决定先走一趟出事地点——村东机耕路那棵柳树下。

这是个四野无人的静谧的大清早。阿桑觉得被自己穿行拨开的淡淡雾露有一种叫人孤立无援的彻骨寒冷。她没有料到村长德胜会比她先一步到来，像块石头一样地蹲在那儿。还有好几步远，阿桑就感到自己的腿迈不动了。良久，阿桑才鼓起勇气说：德胜，宝儿绝不会是盛全害死的。

村长德胜说：前天盛全就去威胁过风娇，还在金甸老头那儿扬言要砍杀我全家，我只是没想到他竟会向不懂事的宝儿下毒手……

阿桑说：你家宝儿不总是找别的孩子结伴玩吗，怎就这么巧，昨天偏要独个儿跑到这地方来——

阿桑嘴上"送死"两个字还没有出口，便慌忙用手捂住自己的嘴巴。

村长德胜不再说话。他阴沉着脸，目露凶光，阿桑见状只好赶紧离开。

阿桑给丈夫盛全送去了替换衣服和日常用品。

当她找到镇派出所李所长时，李所长给她倒了一杯开水，说：阿桑你来得正好，请把近日你和村长德胜和丈夫盛全之间的事再原原本本说一遍。

阿桑便原原本本说了一遍。

李所长听后若有所思说：这样看来，盛全确有作案的动机。

阿桑一听火了，嚷道：德胜的儿子宝儿平日总爱找别的孩子结伴玩，怎就昨天巧怪，偏要独个儿跑到那儿去送死！

没等阿桑叫嚷完，李所长便突然站起，拍了桌子说：阿桑太好了，你无意中给我提供了一条有用的线索！然后转头对司机小王说：走，立刻赶往张坂田村！

李所长一行几人车至张坂田村，到了村长德胜家，他连一口水也没喝，便对村长德胜说：请和我一块儿去找那些跟你儿子玩过的孩子——了解了解情况。

出人意料的是，此刻的村长德胜就像一棵被锄下的禾苗，枯蔫了。他以很平静很迟缓的口气说：不必了，我刚找过桂荣的儿子，盛全无罪；是我儿子太没有调教太淘气，他是自己找死的。

站在李所长身后的阿桑早忍不住了，说：德胜，你快说说到底是怎么回事！

村长德胜说：

昨天下午我儿子和桂荣的儿子一块儿去机耕路旁的水沟里捉泥鳅。宝儿捉了一尾活蹦乱跳的小泥鳅，便扬言要生吞下这尾小泥鳅——他要表演一个"勇敢"吓唬一下桂荣的儿子，没想到泥鳅滑脱了手，钻进他的鼻腔里去了。看可能是泥鳅钻进宝儿的心肺，桂荣的儿子被他挣扎的惨状吓坏了，先是跑进机耕路边的蔗园，然后跑回家躲了起来……

对于盛全阿桑两口子而言，惊心动魄的一件事就这样过去了。

丈夫盛全从镇派出所回来后，阿桑的生活就又恢复了平静。只是她发现，就这么折腾几天，丈夫盛全和村长德胜便都成了一模一样垂头丧气的男人。阿桑的形象在这两个男人的心目中，已平静似一泓清水。

（载《佛山文艺》1998年8月上半月号）

◀ 迷离夜

一

　　下班前，练玉华拜托舍友阿枫办一件事。这件事很简单，不过要阿枫路过旧城区太古桥时，为练玉华送一封信给她的男友廖冰三。信没有封口，阿枫只要想看，无疑就是一封公开信。

　　冰三：我爹妈对你家老房子仍留着不拆甚为不满。虽然这是政府行为怪不得你，但像你这样的人，想买房只有以老房子的面积等额抵回，你才买得起。现在你家老房子变成名人故居，这给你外祖父的面子是给大了，可这也恰恰等于枪毙了你居住新房子的权利。你说呢，这到底是幸还是不幸？

　　你知道我是一个不善于等待的人。要阿枫替我送这封信的意思不言自明，请你好自珍重，别恨我。

　　这种信不看也罢。看完信，阿枫对自己很是生气。

　　阿枫生气的结果是将信狠狠地揉成一团，塞进小坤包里。为了忘掉这件事，阿枫特地打电话约男友大鹏夜里去"圆缘迪吧"疯一下。

大鹏很喜欢去类似"迪吧"的地方。在照明熄灭，一团漆黑的瞬间突然响起狼嚎似的歌声、震天响的敲击乐，还有不停神经质电闪着的钢玻璃吧池或蓝或紫交替的灯光，让所有的人都忘记自我动起来，在那里世纪末日，面目狰狞，丑陋不堪，也没有什么不可以。领迪的姑娘都穿三点式，其状甚骚，红狐一样的头发磷光闪闪，缠着钢管的腰肢柔似水蛇，作出的躯体语言不是被凌辱时的推拒挣扎就是水妖似的放浪挑逗。告诉你在那里没有欣赏只有刺激。声嘶力竭地践踏音乐，没心没肺地扭摆身体。大部分人很快就被这种气氛所吞噬，一切都杂乱无章，很荒诞同时又很和谐。那里的特色就是，用不着谁去作评价，只要你参与其中。

大鹏跟这种气氛很融洽，很快便有个染金黄色头发的胖女孩挤到他的面前跳着。在胖女孩轻薄的内衣里肆无忌惮地抖着一对硕大的乳房，随着音乐节奏她的头发不停甩打大鹏的脸。不一会他俩便退出吧池，一起到池畔的包厢喝饮料去了。

阿枫觉得自己手脚僵硬，一直无法跳开去。她很扫兴，没跟大鹏招呼便离开了"圆缘迪吧"。

廖冰三整整大练玉华一轮生肖，都属猪。第一次陪练玉华去太古桥廖冰三住的那幢小楼，介绍年龄时练玉华开玩笑说，"我和廖冰三搭档起来就是老猪和小猪"。干瘦的廖冰三说老猪是猪八戒小猪是乳猪。廖冰三说的时候不慌不忙，脸上没有一点笑意。也不知道练玉华到底看上他哪一点。

廖冰三是个钟表修理匠。眼下钟表便宜得要命，坏了再买，已很少有人把修理钟表当回事了。长期以来，廖冰三的生意一直让练玉华哭笑不得。廖冰三干的是吃老本的行业，接触的大都是七老八十的老男老妇，挣的钱只够买牙膏牙刷。但廖冰三有一幢一楼可开店铺的三层小楼。改造旧城区时这幢小楼在拆迁之列，可以按面积等额抵回新房，也就是说廖冰三用不着水深火热就拥有了一套宽敞的大单元。谁料转机中复有玄机，几个政协委员联名"上书"市政府，廖冰三的小楼原来是他外祖父的，他外祖父原来是旧中国一个名头很响的文学家。在四邻五舍已经拆得惨不忍睹的时候，那幢风雨满楼的小楼却得以幸存。练玉华气得直跳脚，你说这到底做了哪门子的孽嘛，关键时刻冒出个已化为云烟的文学家！

夜里，周围的建筑工地灯火辉煌。太古桥唯一的那幢小楼因此显得特别地矮小孤单，特别地破旧、寒碜和昏暗。

这幢可怜的小楼几乎已被粉尘封杀掉了。非常奇怪的是廖冰三居然能安之若素。阿枫上了二楼，看见廖冰三用塑料桶给自己泡脚时，她突然感到"老猪和小猪"的关系很好笑。这个廖冰三和练玉华简直就是两码事。

老猪同志，你的享受也太古老了吧？

阿枫，你是一个人来的？廖冰三的脚依旧泡在桶里，抬起他那厚得像瓶底的眼镜问阿枫。这情景让阿枫意外真切地体验了一回什么叫 20 世纪 30 年代。

你说呢？阿枫知道自己的口气很无聊。

阿枫一个人光临，要不是"钦差大臣"，就是"横刀夺爱"来了。

阿枫递上那封皱巴巴的信，说：别臭美了，你的死期到了。

原来是邮差啊。廖冰三看完信接着说，真他妈的也太小孩子脾气了。

阿枫发现，廖冰三即使骂人，口气也照样"淡得出个鸟来"。

老猪同志你真他妈的没劲，我原以为你会生气会伤心，没想到你根本就是无所谓，你连生一点气的劲都没有！

要不你要我怎么样，要死要活还是痛哭流涕、上吊还是抹脖子？

老猪同志你知不知道，要我安慰你吗你又不伤心，要我可怜你吗你又好像没有失去什么，你真他妈的没意思透了！

我说阿枫小姐，你总不能要求我去投水自尽吧？

反正老猪同志你太令人失望了，——你这算什么被抛弃，一点效果都没有，影视里可从来就不是这样的！

二

原本事不关己，谁想自己反而被搅得七荤八素。

阿枫骑着自行车，万分失落回到宿舍。见练玉华并没有在宿舍里等候消息，内心不免窝了一团火。

在"圆缘迪吧"，大鹏经不起考验，轻而易举就被胖女孩勾走了。练玉华要蹬掉廖冰三，也是直截了当一封信就了结了。

真他妈的庸俗透顶，全世界的物质化！

在雨夜的叩门声里

谁想两个钟头过后——也就是接近午夜的时候，这个夜便让阿枫感到充满了戏剧性。先是大鹏灰头垢面找到她的宿舍，落座后便低下头来一言不发，就像一个做了错事等待老师发落的小学生。接着练玉华也回来了，见谁都不打招呼，一头撞进宿舍便趴在小桌上写东西，写完之后对阿枫说：阿枫，我后悔了，再次求你当回跑腿，把这封信交给廖冰三好吗？

你是说这三更半夜？

练玉华点了点头说：不知道怎么搞的我心里就是急得不得了。

练玉华你到底想干什么，就当我是邮差你也该贴张邮票吧！

阿枫你跟我较什么劲，不是说解铃还须系铃人吗？再说我不是已经表示后悔了吗？姐妹一场，一次两次都是帮，要紧关头你不帮我谁帮我！只要这次你肯出手相助，过后你让我干啥都没问题！

姓练的你已经说到这份上，我也拿你没办法。不过我不想再上你的当，得先看看你的信到底写些什么。

练玉把信递给阿枫说：看看就看看，又没有什么见不得人的勾当。

冰三：本来我以为离开你我会得到更好的。不想刚一转身我就得到了深刻的教训，后悔得痛心疾首。这教训容我日后才一五一十告诉你。此刻我只想央求阿枫再次给你递去这一封信，请你给我个后悔的机会，——我们和好如初好吗？小妹玉华匆促捉笔，词不达意，但冰三你总是最了解我的一个人，你说对吗？

阿枫读这封信时，先是发笑，读完后便莫名其妙地呆住了。

练玉华问道：阿枫，你是不是觉得这封信我没有写好？

行了我帮你姓练的送这封信，阿枫指着大鹏说，不过你要替我做件好事，把这个坏蛋给我轰出门去！

三

就像夜越深，建筑工地的灯火就越亮似的，太古桥那幢孤零零的小楼被如同白昼的光幕所包围，而里面却显得更为昏暗，让人有瑟瑟发颤、摇摇欲坠的感觉。

再次登上二楼的阿枫，一见廖冰三的双脚依旧泡在桶里没有挪动过，一时间大为感动：

老猪同志，谁料你连泡脚也想泡个天长地久！

廖冰三说：阿枫你知道吗，我虽然没有立即拿刀抹脖子的壮举，但慢性自杀的勇气我还是有的。

阿枫把信递给廖冰三说：幸好我这信使星夜赶到，否则的话明天就会听到你泡在桶里"圆寂"的消息了。

这一回阿枫你肯定是一只喜鹊，这封信我不看也知道练玉华已经回心转意了。

你俩真他妈的是一对孽债鸳鸯！

阿枫骂完扭身就跑。

四

送完信的阿枫一回宿舍，她的手便被翘首以待的练玉华抓住不放：阿枫，怎么样了？

阿枫说：我送第一封信的时候老猪同志就在泡脚，没想到送第二封信的时候他的脚还是一动不动地泡在桶里，真是地道一个海枯石烂的可怜胚子啊！

哇噻！练玉华狠狠地在阿枫的眉心印了一个吻，早已夺门而出，找她的廖冰三去了。

大鹏并没有被练玉华轰走，照样死皮赖脸坐在那儿一言不发。

阿枫黑着脸面对大鹏：你还待在这儿干什么，快找胖女孩去呀！

大鹏说：你瞪什么眼，胖女孩不过要我付钱吃一听饮料、吃一次夜宵，又没有什么告不得人的非分要求。

阿枫说：告诉你，我可没有长头发和大乳房！

大鹏说：阿枫，你这会儿是不是实话实说？

实话实说又怎么样？！阿枫把眼睛瞪得比牛眼还大。

大鹏说：要我实话实说的话，我爱的还是你。

阿枫突然感到自己很想哭，感到这个夜很是没劲！

（载《泉州文学》2007 年 3 月号）

◀ 荣　誉
....

　　倪福田在镇中学教书三十七年，再过几个春秋就要退休了。不管是微胖的体态、慢条斯理的语调，还是有点儿温吞的作风，都显示出他本分为人的特征。他不是个严厉的教师，学生大多不怕他。人生对于他而言永远是那样地风平浪静，从来不曾有过多大的变故。当然，他也没什么可感叹的。

　　三十多年来，他的工作和生活一成不变。儿子倪惠祥在外地工作，女儿在儿子工作的那个城市上大学。他和老伴在家里过着宁静的日子。

　　同事和学生普遍对他有这样一个印象，那就是上课预备铃响的时候他刚好走进教室，放学后不多时他便离开学校。他永远那样不慌不忙，从不例外。倪福田老师让人意识到一种存在，同时也导致人常常忽略了他。比如分房、评优、调资、晋升之类，根本不曾有人把他当作竞争对手。因此形成了他的一种为人处世方式，既没有和谁交恶，也没有和谁特别要好。人人都以为他生当

在雨夜的叩门声里

167

如此，没什么好说的。

然而四月底的一天下午，他夹着课本就要走进教室的时候，校长小跑着过来对他说：倪老师你别上课了，有人找你，你赶快回家去吧。

倪老师于是掉头往家里走，远远地便看见一辆小车停在家门口。原来是他儿子单位的人来了。他们对他和老伴说：你儿子惠祥病了，病得不轻，希望二老能去看看他。老伴听后马上红了眼圈，急着追问儿子得的是什么病，现在情况如何。他则觉得自己闷了一下，接着想道：这不过是对上了年纪的人报知噩耗的一种方式罢了：儿子肯定出事了，可能已不在人世了。

倪老师和老伴是在一所医院的太平间里见到儿子的。他的儿子经过整容，穿着交警制服，笔直躺着，脸色苍白发青。老伴见状立即昏厥过去。他却只有木着不能言语。大家认为他这是一种最深的悲痛。他却只感到自己的思想一动不动地停在某个空间里。大家默默地在他儿子的身边站了很久，交警大队的领导这才告诉他儿子牺牲的经过：他儿子倪惠祥是好样的，他在执勤时和四个盗车歹徒搏斗，其中三个已被他儿子打倒在地，可另一个歹徒骑摩托车穷凶极恶地猛冲过来，把他儿子撞飞……

他和老伴暂时在市招待所住下来。市公安部门为他的儿子开了隆重的追悼会。追悼会前后，儿子生前的领导和战友，都轮番前来跟他和老伴谈心，带他和老伴到什么地方走走散散心，他们告诉二老：他俩的儿子倪惠祥平时怎样勤奋学习，钻研业务，乐于助人，忠于职守，疾恶如仇，是非分明。总之，各方面都是好

在雨夜的叩门声里

样的。言者有的进入了沉思追忆，有的说动了情怀便抹起泪来。他的老伴每回都陪着流了不少泪水。他想道：他可完全没有想到儿子生前的生活会如此的丰富多彩。开完追悼会，领导征求他和老伴的意见，他儿子的遗体是送回乡下安葬还是火化时，老伴抬起头来又一次噙着泪花，要他拿主意。他说：还是按规矩火化吧。市公安局局长和交警大队长第三次来看望他和老伴时说：二老有什么要求请讲。他和老伴沉思了半晌也想不出应要求些什么，最后只好说没有。两位领导接着告诉他和老伴：四个歹徒将绳之以法，该判刑的判刑，该枪决的枪决。报请上级后，给他的儿子记一等功，并被追认为烈士。

事既已完毕，他和老伴便想回去了。老两口刚进家门，校长随后就到，说了些同事们都为他儿子感到自豪的话，劝老两口务必节哀，临走时还说：经校领导班子研究决定放他三个月的长假，让他在家里和老伴安排妥当日常生活，好好休息休息。他从教近四十年几乎没有请过假，但到这一天他觉得自己确实需要休息一段时间了。所以他对校方这个决定感到满意。几天以后，他和老伴分别看到了省、市电视台、日报的头版头条，都专题报道了儿子的英雄事迹。日报还配发了题为《敬礼！烈士的双亲》一文，专门介绍了他和老伴教子有方，对国家和人民不谈条件只讲奉献的高风亮节，称他是几十年如一日默默耕耘于教坛的好老师。省政府发出"向烈士倪惠祥学习"的号召，各种各样的包裹、书信雪片般飞来，寄衣物、礼品、书籍的，表示哀悼的、慰问的、钦佩的不一而足。甚至有几个青年宣称，只要他和老伴愿意，就前来当他俩的儿子、女儿。团省委主办的青年期刊以最快的速度推出一篇塑造烈士感人形象的报告文学。该文抄录了他儿子生前的十几则日记，让人感到翔实可信。但是说来惭愧，倪福田却从未觉察儿子记过日记。日子是忙碌的。他和老伴不停地拆信、读信、回信，留心观看各级电视台的报道，查找各级报刊有关儿子事迹的登载。让他和老伴感到儿子其实还没有走远，还活着一样。

镇宣委小张已来过多次。送抚恤金、烈士证书、慰问品等，每一次小张都陪有关人员前来。这一次小张陪县委办公室游主任来到他家，对他和老伴说：县委、县政府准备组成一个"向烈士倪惠祥学习"的报告团，县领导特地派游主任前来征求他和老伴的意见，并建议烈士的父亲——倪老师您也能成为报告团的一名成员，对教育下一代青少年将更具感召力。这一点是他完全没有想到的，他推辞说：这恐怕不行呐，我能说些什么呢？镇宣委小张说：倪老师，不光是从省到地方的各级领导，就连我也认为经您的口说出来的话最具说服力。今天游主任专程前来敦请，第一转达了县领导的恳切意愿，第二也希望倪老师您能为教育好下一代作出更大的贡献。

几天后他就被一辆小车接到县政府大院。当夜游主任代表县委、县政府主持了一个接待他的小型茶话会。会后他免费住进了县招待所的豪华套间。第二天起来，他便看见会场和附近的街道横的竖的挂满了红布条，上面写着"向烈士倪惠祥学习""学习倪惠祥，做勇敢好少年""向烈士的父亲致敬""学英雄，讲奉献"等各式各样的标语。县在家五套班子领导出席了首场报告，市报记者带着照相机、县有线电视台采编人员扛着摄像机也赶来了。主持人讲过话后，就由倪老师第一个作报告。此刻身畔坐的是——也许他平时见了会发怵的领导，面对场下黑压压的无数听众，一时间他还真的不晓得说些什么好。但当了近四十年老师的他，在掌握有关儿子的材料既丰富而又熟悉的情况下，他只是略加停顿便慢慢地说了起来。他向听众介绍了儿子从小到大的学习、生活、理想和奋斗目标，还穿插了好几则那个报告文学作者抄录他儿子的日记。有时候他停顿一下，考虑自己该说或不该说的，台下反而更静。可以说谁都能理解他此刻还沉浸在老年失子的悲痛之中。他估计自己已经说了好长一段时间才停下。响彻会场的掌声告诉他，他的报告有了相当不错的效果。接着又有几个人作报告，不外是翻版那些他已经熟悉的材料，他听着听着，便有点儿走神。

此后倪福田老师又到中、小学作了几场报告。学生清一色校服，齐刷刷地坐在场下；少先队员还派代表给他系上红领巾、献红花。首场报告后让他再说，他便把从前希望儿子应该怎样成长结合现实陈述了出来，反正也没有谁去考究真假。领导和报告团成员对他发自真情的表达，都感到满意。

在这一段时间里，他会时不时吃惊地意识到这样一种陌生的感受：

当他越是讲述儿子的时候，儿子生前活生生的形象便越显淡薄，甚至远离而隐失。也不知道有多少次他在脑海里寻找儿子的形象，最后不得不承认这样一个现实：也许儿子已成为社会的一种精神财富，不再属于他的一己私念了。

假期加上暑假的五个月时间，很快就将过去了。刚从大学毕业回来的女儿，因为是青年的楷模——烈士的妹妹，什么门路也不用跑，便顺顺当当被分配到团市委工作。开学前的某一天，县委宣传部分管人事的副部长和县教育局长专程找他谈话来了。告诉他经研究决定调他到县二中当校长。他一听慌忙摆手说：论能力我管理不了一所学校，论年纪我是快要退休的人了，这怎么能成！再说我的家就在这镇上，我和老伴在这座房子里生活五十多年了（他老伴是童养媳）。

领导说：这个不用你担心。我们给您配备了一个精通教学行政管理、工作扎实肯干的领导班子，业务上您能管多少算多少，累了就休息；再说谁都看得出这座房子的年头也不短了，县政府已在县城批一套单元房，供您和爱人居住。至于您爱人，不是早已农转非了吗，也可以考虑成为县二中的一名员工嘛！

就这样，他和老伴便开始准备搬家。整理家当的时候，老伴偶尔翻出儿子读中学时的一件衣服，便望着这件八成新的衣服上一个破洞直发怔。他问老伴：你怎么啦？老伴犹似进入了遥远的记忆，说：那时候儿子多顽皮捣蛋啊，简直就不可调教！他一听顿即不悦，吼道：你胡说什么了，我们的儿子会那样不争气吗？！老伴显然受了委屈，转着泪光说：看你的记性，当时你见儿子的新衣服给烧了个窟窿，你还揍他的屁股呢！

（载《福建文学》1999 年 7 月号）

◀ 我家来了个陌生人

星期天我自个在家，正要写作业，就听见有人敲门，并粗声问："李斯东在家吗？"

门刚开个缝，门外的人就用力挤进来了。我问他："您找谁？"来人答道："找李斯东那臭小子。"我心里嘀咕：这人连说带骂的，也不知道找我爸有何贵干。

来人红脸膛，那只蒜头鼻特别引人注目。我从没见过这个人。他进门后坐下，我泡杯茶给他。他接过茶杯，连声谢谢都不说，仰头便喝。这人也真是的。

我问他："您认识我爸吗？"他往上拱一下蒜头鼻说："李斯东是我的小老弟，干什么都最差劲的那一个。"我听了不舒服，说："我可没有像您一样叔叔。"他大嘴一咧笑了，戳着我的鼻尖说："真是的，李斯东这个大滑头怎么又制造出一个小滑头来？"

小滑头是我的小名。我一听不高兴，可为了礼貌起见，只好装着对他话题表示兴趣："难道您也认识我？"他说："认识呀，十年前我来过，那时候你只懂在地里爬，时不时抓鸡粪往嘴里送，还抓了一把在我的面前晃了晃，就像在说'叔叔，您吃不吃'？你说你这臭小子坏不坏呀？"

陌生人的话，把我气得够呛。不过这人说话有趣，我倒也不是特别讨厌他。于是我说："故事听起来是瞎编的，您可不像真的认识我爸。"他一拍大腿，说："小滑头的脑子还涂油，到底比老滑头强多了！"

我心里恼怒，却也只能怪自己多嘴招惹了是非。

我不想再跟他瞎扯了，就说："您要是找我爸有事，我去地里叫他回来好了！"

"这还用说，快去！"我明白屁股那儿被陌生人扫一巴掌，迅跑到地里，几十步远就大声喊道："爸，快回家，家里有个蒜头鼻子的人要找您——！"爸听不清似的，问："红脸膛的吗？"我大声说："身材很高大的！"

"啊，是他，这家伙！"爸扔下锄头就往家里跑。我紧跟在后面，只见他一进门，还没看清是谁，就抱住那个蒜头鼻子的家伙，嚷道："狗鼻子哥，你怎么搞的，从天上掉下来的吗？"

饭后我才知道，原来这个"狗鼻子哥"叔叔，就是妈一直挂在嘴边叨念的那个人。十七年前他和我爸在同一个矿里，有一次煤洞冒顶埋了爸，就是他用双手拼死拼活地把爸给扒出来的，然后他自己才昏死过去的。

天哪，原来这蒜头鼻子就是狗鼻子叔叔！

（载《闽南日报》1989．5．11）

◀ 老　杜

·····················

都借故回家夏双抢了，早餐在乡政府食堂吃的，见到就五六个人。结婚登记兼民事调解老杜吃罢饭，折了支锅刷梗儿正要咧歪嘴剔牙。

炊事员小张吼道："老杜头，又粪渣卡牙了吗，锅刷让你折秃了，我用什么刷锅！"

这老杜不过五十冒头，脸上肌肉显得富余，肤色黝黑，情形窝囊一点就是了。小张姑娘吼他老杜头，在他看来不是什么问题，人活壮旺一点就行了。

"小张我告诉你，你是刚结婚就不认老杜头了。日后可别再碰上我……日后闹离婚，我老杜头就不给你利索！"

"乌鸦嘴，谁说要离婚了！"小张生气了，把一张被气红的脸扭开。老杜自得其乐，及此息战无事，拎了瓶开水，径直向办公室走去。

老杜的办公室二十平方米左右，在乡政府大门右侧第二间。

在雨夜的叩门声里

办公室有一张松木桌，一只像夹住一只老鼠、一坐上就吱吱叫的藤椅，背后是资料橱。前面是一条供客人坐的长板凳。

办公桌有一只茶杯，刚从他兜里摸出来的一盒叶子烟和打火机。热水瓶就放在办公桌下。

数十年来，老杜坚持本色，办过的事情成百上千，一桩桩一件件有板有眼，从未出过什么差错。

在老杜办公桌前的客人一般两个：一男一女。如若是坐着、忸怩不安的，他核对过大队（后来才叫村）开来的证明，问道："自愿的吧？"

男的说自愿，女的低头羞红了脸。

老杜便抓准情势下了决断："脸红了就表示愿意。"然后填写登记证（红印是早盖好了的），完了用手压住，伸出手去：

"香烟呢？喜糖呢？"

新人恭恭敬敬递给老杜香烟喜糖，老杜点了烟一下一下深呼吸抽着，剥颗糖塞进嘴慢慢嚼着，又泡了一杯茶时不时喝一口，其情形让人神往。

待他烟糖茶抽了吃了喝了，这才发给小夫妻登记证，说："抽你俩的烟，幸福无边；吃你俩的糖，夫妻久长。"

新人听了，也满心欢喜。

有时客人没有准备，慌了手脚，老杜说："没有香烟喜糖结什么婚？下一回再来会给你办得这么顺当吗？"就这么一句，老杜又想起今天可是人家的大喜日子，于是赶快给客人办了登记，说声"好了好了，开一回玩笑，可别见怪"之类的话。

如此一来，新人离去的脚步便有点慌不择路了。只是谁也不愿有第二回，第二回不是携着手来，而是站在老杜面前，夫妻异心，如临大敌。

有一次来了对新人，姑娘脸有泪痕，开口便是认死理："我不愿意，是我爹妈死活逼我来的！"

老杜拍案而起：

"还有这种事？解放都四十多年了，恋爱自由、婚姻自由这是新社会起码的前提，你爹妈连这个也不懂？还想包办婚姻不成⋯⋯"

姑娘见老杜是站在她这一边的，于是落下两挂泪珠说："就求老杜您了⋯⋯"

"好，新社会男女各一边天，有志气！结婚是一个人的百年大计，谁敢马虎！现在我给你俩五分钟，务必慎重考虑，想定了再回答我！"

姑娘是摆明不情愿的。但老杜转过头去看见的另一双眼更是满满的恳求。——说句公道话，小伙子的长相不错，模样也诚实。如此一来，老杜便在姑娘小伙的脸上思量来思量去，是否给他俩来一番撮合呢？

于是老杜起身走到姑娘跟前，沉沉的半晌，便有了如下的感叹：

"这么个年纪还没有生活经验。要我说啊，人的眼睛可不好长到头顶上去⋯⋯就说我老杜吧，孩子他妈三十年前要嫁给我，也是那样长短看不上眼，可到今天你看看，还不是照样舒舒畅畅的活过来了？"

"还有男方，身体结实模样也不错，"老杜上前拍了拍小伙的肩膀，"说说看，家里情形怎样？"

"怎么说好呢，一万八千的，家里还出得起。"小伙子朝姑娘呶了呶嘴，"前年还借给她家五百元呢，我妈都说了，定亲时就转为聘金。"

"你看你看，差哪一点了？就我说啊：挺好的嘛！要是说到钱——说到聘金，也算不上婚姻买卖。大家手头宽松，大张旗鼓热闹一番也没什么不可以。不是'四人帮'时代了，已经不叫铺张浪费了……"

老杜用手背敲着自己的掌心。

姑娘生气了。这老杜，怎么转个身就换口气了呢？

老杜坐回藤椅，本想抽根烟，却去拉开抽屉，便又推了回去：

"这就是生活的大道理。"

姑娘把嘴唇抿上了，喷着鼻息。

"不作表态，八成就是同意了。填写了结婚登记，可就定局啰。"

老杜拉抽屉取出登记证。

"由你填去！"姑娘一见捂着鼻子跑了。

老杜赶紧填完递给小伙子。小伙子也乖巧，塞给他一包红梅烟。

"是个好姑娘哩。还不给快追——先登记后恋爱嘛！一路上好好聊聊，可别把姑娘怎么着。你要敢胡来，我老杜还饶不了你呢！"

老杜笑眯着眼如此怂恿，小伙子听话拔腿追去了。至此算告一段落，老杜累了的眼皮都想掉落下来了……"

想想，已是大前年的事了。

老杜也是从食堂出来，到办公室放好热水瓶，屁股一挨藤椅就摸出烟盒卷了一支喇叭，点上，靠在湿漉漉的唇上呸呸地吸。发觉锅刷梗儿还夹在指缝里，于是咧歪嘴再度剔牙。昨夜睡得很好，晨早也起得迟，可睡意还在眼窝里麻乎乎地藏着，让人含含糊糊提不起精神。

老杜刚吸完喇叭，便前后拉扯着来了一对男女，站着，满脸是汗，全都气鼓鼓的。

这情形老杜老杜见多："你俩？"

"离婚！"女的脸色铁青说。

"坐下，坐下，先坐下。"老杜示意小两口坐下，"坐下慢慢来嘛。"

这就是老杜的招数。双方都肯坐，气先消三分。但女的倔强。不比从前，现在的女人，不一定听老杜的话。但到老杜这儿不沾亲不带故的，大凡希望有个公平定夺的，大家有事还来，所以老杜的办公室绝不是个空头衙门。

"怎么想离婚呀？"老杜再次打开烟盒，捏一撮烟丝放在纸上卷着，又用舌头一舔粘住，一支喇叭也就挂在他嘴上了。

"他打我，都打好几回了，还越打越凶！你问问他，要不要

我活了？"女的抹泪，气呼呼的，老杜看不出她有哪儿有软弱可
打的地方。

老杜把尚未点上的喇叭夹回指间，猫起腰脸对男方："打人
就是你不对了。看你一脸和气的，连小猫小狗也没打过，却打了
自己的老婆！打枕边最亲近的人！要是打疼了，我看夜里也得你
揉……这又是何苦呢？"

不知道男的是抗议还是接受，反正不作声。

老杜只好对女的说："太不像话了，他打你怎么个打法，你
说说看！"

"你们男人都死绝！……呜呜……"女的掩面痛骂。

"说下去，说下去……"

"……打嘴巴……狠毒的……揪头发……脚也踢……"

老杜经不住女的哭诉，于是双手插胯，愤慨地站在男方面
前："你看看，你把老婆当成什么了？老婆是猪是狗？想怎么
打就怎么打？！我看你这种大男子主义，必须深刻反省一下才
行！"

男的往嘴里塞了根香烟点了，在板凳上叠起腿来只管吸他的
烟。

"这还了得！"老杜对此大为光火。看看男的嘴脸，女方也太
可怜了，"好了，不哭。夫妻间都是针屁股眼大的事情，忍一忍，
不计较就过去了。嘴硬逞强就招打，吃了眼前亏，多冤哪！忍一
忍，退一步海阔天空嘛……"

"谁说的女人就该打？还要忍一忍！？"

女的朝老杜逼了过来，很是窝火。老杜连退数步坐回藤椅。女人一心烦就会摸黑撞谁，有一次老杜还看见女人咬人呢！

"你说，你打老婆打几次了？"老社给手上的喇叭点了火，屈指敲响了桌子。

"两三次就像惹了马蜂窝，还能是十次八次？"

男的基本上是个楞头青角色。唉！

"有几个问题你要想清楚，一个男人没有老婆行吗？一个家庭没有女人行吗？没有女人，饭菜谁煮、衣鞋谁去浆洗补纳？谁去怀孕奶孩子？你信不信男人干这些事一个比一个软蛋？再想想看吧，没有女人被窝能暖和吗……所以啊，再怎么说也还是女人值钱……"

"当然值钱了！娶她一个人，花了家里一万八千元，还摔脸色……"

"这就对了！"老杜乐得抓住契机，说，"你说娶她花了一万八千，没假吧？你说只打她两三次，也是实话吧？不用说打了就闹离婚，要是真的离了，那打一次少说也四五千元，值得吗？要是值得，"老杜把头伸到男方面前，"要是值得，你就打我吧，别说四五千，给我百五十就行了。——打呀，你怎么不见你动手？——我也看得出，钱那么好挣也是那么好花吗……"

"老杜你倒说了一回心里话，谁也没工夫长一只手专门去打人的对不对？"

老杜看不出男的拿捏的是什么表情，说罢笑了起来。

老杜对男方说："你给我做个保证：凡事不准你打老婆！保

证完了，回家干活去！"

"她要不闹我还能打她？笑话！"男的说完，扬长而去。

女的也想走，老杜拦住她说："你多待片刻，我们谈谈心。"

女的说："你老杜还是让我回家过好日子吧。"

"这话中听，回去好好过日子。——你也都听见了，他不会再打你了。"

"你以为你老杜是天王老子？他会听你的？！"

女的悻悻离去，一点情面也不想给谁留。

"一定不要再怄气呀！"老杜在背后大声叮嘱，摇着头坐回藤椅，这才晓得刚才是怎样紧张得把全身的肌肉都提高了两三寸。

这样一来，老杜的累就是天塌地陷的了。

"老杜头，你死了不用吃午饭了吗？"

姑娘小张在门外叫喊。

老杜发觉自己是在办公室里瞌睡着了。想了很久，才记起上午办过了一件事，于是肚子饿得叽咕乱叫起来。吃午饭的时间到了。

（载《福建文学》1988年5月号）

◀ 猴内儿
·················

在小学教师项泓的班级里，有一个小名叫猴内儿的学生，他长得猴瘦猴瘦的。班上只有他的衣服带补丁，还经常脏兮兮的。猴内儿三年前失母，父亲是一个僻远林场的工人，每月难得回一次家。他兄袭母职，凌晨起床做早饭，照顾自己及一个小妹上学读书。营养不足加之日夜操劳，白天嗜好睡觉。每天他进教室坐定，伏桌即睡，歪着嘴流出口水来，课间虚虚晃晃地去撒泡尿，一上课就又伏桌睡着了。一直等到放学钟响，他才再长精神，以急匆匆的步伐赶回家去烧菜做饭……

只是说来也怪，每次考试他总能考 70 多分。可睁眼见到他的睡意却只增不减，愈睡愈浓。每天上课前都有半个班级的学生告他的"状"：老师，你快看猴内儿又睡着了，还流口水哩，都流一大摊了……这一天，项泓老师在上课前说："大家别吵了，别吵了，听我说。"

项泓老师说："猴内儿同学一到学校上学，就什么也不干，不听课不做作业，就会睡大觉，——同学们，老师说得对不对？""对！"老师实话实说，差不多得到全班的呼应。项泓老师接着说："猴内儿不听课也不写作业，可他每次考试都能考70多分，——试着想想看，班上哪个同学不听课不写作业，成天睡大觉，每次考试能保证考70分以上的呢？——能的同学请举手！"这下课堂上鸦雀无声了。项泓老师见不到学生举手，就又说："大家可别小看猴内儿了，依我看，猴内儿是一头睡狮哩！他成天只顾睡觉就能考70多分，要是让他睡醒过来了，肯定就不得了了，每次考试名列前茅也说不定了……"

——自此后，项泓再也听不到告"状"声；因为没有受到谁的干扰，猴内儿似乎睡得更自在、更权威了。猴内儿的成绩依旧过得去，偶尔一两次还考得挺见水平。

当然，等猴内儿以优异的成绩考上大学，已是多年后的事了。有一天，项泓收到猴内儿的一封信，写道：老师，我睡醒了，可我每得一次成绩都要比别人付出加倍的努力，一点也不像老师鼓励我的一样。为此心里很不安，只怕对不起老师……项泓回信道：猴内儿，重要的是一种状态，并不是非达到最好不可。这个道理我是从你的身上懂得的，在你自己，肯定有更深的体会……

（载《闽南日报》1994年8月21日第3版）

◀ 杜甄哥的女儿

·······································

老头儿拔意识到，他和儿媳妇黎同时在小心翼翼地绕开一个问题。但是，都绕不开都躲不掉它。他俩似乎同时明白了这一点。特别是今天，今天是老头儿拔的儿子——黎的丈夫若潘死后一周年的日子。

日子是拖着那样沉重那样漫长的尾巴在过着。

说起来，那是一年前的事了。那天老头儿拔起得并不太早也不算迟，儿媳妇黎已经把早顿饭菜准备完毕。老头儿拔很满意，他把竹凳扫到松木餐桌旁，给自己盛了半碗稀粥，夹了一小把浇上香辣酱的焯薤菜正要送往嘴边，可就在这时候他有意无意朝二楼瞥了一眼。

儿媳妇黎对他说："爹，若潘死了。天边鱼肚儿白的时候，若潘死了。"

几刻钟后，老头儿拔才把那一小把浇上香辣酱的焯薤菜送进嘴里嚼着，半天没能品出它往时所特有的香味。接着他喝了一口稀粥。清早熬这么黏稠的稀粥，竟饭粒和汤水分家，搞不懂是饭粒还是汤水一直要哽住他的喉咙，然后他咳嗽起来。

儿媳妇黎一声不响在老头儿拔的跟前坐了下来。她说："爹，你去报案吧。"老头儿拔诧异地看着儿媳妇黎。"——可是，"儿媳妇黎接着说下去，"爹，谁照顾你老啊。我当时没有想到这个。真的，爹，我当时没有想到这个，太可怕了，我当时竟没有想到这个。"儿媳妇黎说着嗒然低下头来。老头儿拔看见儿媳妇黎脑门那儿有一抹灰黄的头发。老头儿拔一直都不知道儿媳妇黎的脑门那儿有一抹灰黄得令人揪心的头发。他直到这一天才看到。这一天，会不会太迟了？

儿媳妇黎一如既往极少言语。

儿媳妇黎是甄哥的女儿。老头儿拔没有去报案。他和儿媳妇黎相依为命把日子过下去。老头儿拔觉得他要比甄哥幸运多了。甄哥终于有一天狠心地把女儿嫁了，半年后老头儿拔突然听说他躺倒不想再动弹了，于是老头儿拔和儿媳妇黎星夜赶去，——赶到的时候，那也只是为甄哥送终料理丧事。后来老头儿拔才知道甄哥自嫁出女儿后，他每天只做一顿饭吃，余下两顿喝酒代替。出乎意料地，儿媳妇黎也只默默地流泪，没有哭出声来。老头儿拔亲手为甄哥筑好了坟，要离去时也没有老泪纵横。只是他回家后，也一直没能将甄哥自我作践的事实说出来，而是一直为谁瞒着似的。

这是起初老头儿拔和儿媳妇黎默契想绕开的问题。但是，当又一个问题出现在他们的面前时，这个问题便显得黯然失色，显得不那么重要了。

重要的或许是，老头儿拔和儿媳妇黎必须相安无事地把日子过下去。一如既往，儿媳妇黎日出而作日落而息，四季耕作种收和任何节日她都没有错过。老头儿拔是方圆百里声名遐迩的泥水匠。邻里乡亲都认为，老头儿拔砌的炉灶特别好使，烧火做饭，灶墙日夜灼热，喂养牲畜也就特别能长膘。这种说法诚然是好意，但老头儿拔心想管他的，他只不过在乐此不疲使用自己的手艺，不论贫富老弱妇幼，即使付不起工钱，他的颜脸也会一样温蔼平和。后来老头儿拔可能成了一种习惯。你一旦请他，他随时都可以不悲也不喜地到来，做完了他就不苦也不乐地离去。乡邻们猜测，老头儿拔的这种淡漠温吞的老人脾气，可能是老年失子所致。

谁知道呢，日子是拖着那样沉重那样漫长的尾巴在过着。

几个月过去了。老头儿拔惊讶地意识到，几乎没有一点差池地伺候着他，同时也丝丝入扣伺候着自己的黎，虽然让你看不出她在哪儿有着未亡人的萎暗，可她连一丁点的欲望都没有了。包括活着的欲望，在她这茬儿年纪对男人的欲望，甚而女人身上固有的种种企盼，都在她身上消失了，任何痕迹也没有留下。她还年轻。意识到这回事的老头儿拔，他感到自己一下子苍老得不行了。

要是当初去报案，或许还能挽留黎的一点什么，即使是一丁点儿也好。老头儿拔为此叹息不已。

黎，甄哥的女儿啊。

老头儿拔和儿媳妇黎住坐北面南的两间落井瓦房，门前是洁净而又平坦的土场，土场外是一口椭圆形的池塘。一棵柳树长在小池塘左侧的土场边角上。背靠柳树坐在木桩上，常有习习凉风拂面而过，这与前方那棵老榕树把大半池塘遮蔽了不无关系。黎认定是柳树、池塘、老榕之间的牵连才构成门口这不平常的景观，才让爹——老头儿拔如此沉浸其中。在晨曦初露的大清早，这棵榕树和静默的山梁远近相对，预示将迎来晴朗的一天。日暮时分，远处山梁在自己的阴影下黑黝黝的，小池塘前方那棵榕树于是飘移过去，停在与蓝天接临的光秃秃的山梁上，在你有点迷糊的视野里，远处光秃秃的山梁上便出现一片小小的树林。

在差不多一年时间里，老头儿拔不管寒暑，他要么在天刚破晓要么在暮色初临时分，静悄悄坐在门口柳树下的木桩上。他坐在那儿，旁边蹲着一只老掉牙的黑狗，喘着气慢悠悠地摇着尾巴。

若是雨天，老头儿拔倚门远望，然后回到厅堂屏风的交椅上坐下。这样的动作他反复多次，直到躲在云层里的太阳一竿子高的时候，抑或天际杳然掠过一丝亮色、转瞬要天黑时节，他这才安分下来。

儿媳妇黎总是在这时候对他说："爹，该吃饭了。"

老头儿拔说："该吃饭了。"

一年后的今天，不用说吃的同样是熬得黏稠的稀粥。只是这一早，儿媳妇黎在焯蕹菜上浇了香辣酱。这让老头儿拔感到错愕不已：看来儿媳妇黎已不想让他活啦，要么就是她对一切都无所谓了。

儿媳妇黎紧挨着松木餐桌坐下，给老头儿拔盛了半碗稀粥，也给自己盛了半碗稀粥，抬头望了他一眼：

"爹。"

儿媳妇黎在叫他。儿媳妇黎的几颗泪珠跳出眼眶，掉在她胸前盛稀粥的碗里。

看来这一天真的要糟糕透啦。老头儿拔慌乱间寻思道。

"爹，"儿媳妇黎说，"本来我想给你准备些酒，可你老人家都一年滴酒不沾了。"

老头儿拔喝了一口稀粥，咽下时，黎看见他干涩的喉结上下滑动得厉害。夹一小把浇上香辣酱的焯蕹菜送进嘴里，嚼了许久他才对儿媳妇黎说：

"你也吃吧。"

儿媳妇黎也听话吃了起来。

老头儿拔自己却停了吃，两只手摸索着不知道放在什么地方好，对儿媳妇黎说："黎，已经是往事了，俗话说得好，往事如烟，眨个眼就过去了。"

儿媳妇黎也不吃了，她抬起头，嘴巴微张望着他。

老头儿拔接着说："黎，你嫁过来之前，每天都由我这把老骨头做早饭。做完我得等一阵子，要是等不及，我就先吃了，吃饱了坐在门口纳凉，若潘这才起床吃早饭。一天若潘边上纽扣边走过来说：'爹，我今年三十了，你还不肯向你的甄哥提亲吗？我知道，你的甄哥可以拒绝任何人，唯独会对你有求必应的。

爹，说句心里话，我一直在等你去提起这门亲。可干等也不成，我根本看不出爹你动过这门心思……'这一天若潘不吃早顿，说完就走了，一连半月没有回家。甄哥膝下只有黎你一个女儿，还有甄哥的为人秉性，多少人没敢动心思，这我都很清楚。——黎啊，你知道这门亲事有多不好提。可我被逼上梁山了，只好挑了个晴天，到乌石坪找甄哥。甄哥在家，黎你锄地去了。这一天我过得并不轻松，路上胸口就一直是堵着的。我怕和甄哥聊多了更不好开口，等两杯酒落肚，我就憋足一口气对他说：'甄哥，我这一次是专为提亲来的。'果然甄哥听了，放下酒杯，竟一下子不知如何是好。我喉咙干得厉害，在等着甄哥的态度。'黎二十七，也该嫁了。拔弟，等她回家你自己征求她的意见吧。'就在这时候黎你扛着锄头回家了，一边放下锄头一边对我说：'拔叔，你好久不肯登门了。'黎你记得吗？我当时是不失时机说：'黎，这一次拔叔到来，是要你嫁给若潘的，你不同意不行的。'黎你不当一回事笑了笑，说：'看得出你和爹是串通好的。'说完为我做了一顿很丰盛的饭菜，酒足够我喝醉。我在甄哥家住了一宿，第二早就回来了。丢了半个月的若潘坐在自家门口等我回家，打照脸便对我说：'爹，我知道你把亲说成了。'我不想搭理他，他倒好跟在我身后说：'爹你别想多了，我为你准备了一大瓶好酒，还跑店街买了只盐鸡，狠狠醉一回就没事了。'——黎，爹活到这把年纪，不中用啊……"

黎放下筷子，支了下巴，专注地听老头儿拔的诉说。此刻松木餐桌上的早顿饭菜，在黎和老头儿拔的眼里，成了可有可无的摆放了。老头儿拔的话，黎听后用力眨了几下眼睛。本来她是想流泪哭的，抹一把鼻子后反而只有苦笑。

老头儿拔就像用的是最后一口气，说完便耷拉下他苍老的一张脸。儿媳妇黎说："爹，你爱喝酒，若潘也爱喝酒。可你俩是两回事。"

老头儿拔耷拉下来的脑袋垂得更低一些。他知道这一天儿媳妇黎接着还要说她的。

"爹，只要你喝了酒，便诸事好说。若潘喝酒每回非醉不可。他把脖子喝软了，两眼冒火，鼓凸厉害，放哪里也没个人样。那天夜里，他照例很晚才回家，跌撞着栽进房间，我想他八成醉了。'黎。'若潘满口酒臭叫了一声，我不想理他，我受够了。他恶狠狠伸手过来将我扳翻，逼迫我仰躺着。'黎，我知道你瞧不起我，可我们毕竟是夫妻，我们生一个孩子吧，要不生一个女儿也行，没有孩子算什么话……'实际上我早就认命想由他了，谁承想他一躺倒便响起呼噜，猪一样睡过去了。直到三更天，若潘醒了，他亮了灯起床，到墙角的马桶上撒了一泡尿。我翻了个身，让自己放在床上。若潘转身回来，看到我还没有入睡，就又跑厨房拎了一瓶酒，再次咕咚咕咚把自己灌醉，他刚醉过，身子虚，眨眼间便酒劲大发了。他从来没有对我那样凶狠过。我想这样也好，酒胆也是胆，由他去好了。可就是很快他便浑身哆嗦着，烂泥般瘫在我身上。我想他这是酒劲发作，醉在我身上了。等发觉情形不对，把他翻下来，他就不行了。"

老头儿拔的脑袋还耷拉着。

儿媳妇黎接着说："爹，我不该说这些，可我今天说了……爹，我为你备了瓶酒，这会儿你想喝点吗？"

老头儿拔说："这会儿我想喝口酒。"

于是黎到厨房取来酒，给老头儿拔倒了半碗。

"啊。"老头儿拔捧碗抬起头来，喝了一口，说，"黎，你也喝一口。"

黎满眼是泪，朝老头儿拔点了点头。

（载《福建文学》1990 年 11 月号）

在雨夜的叩门声里

◀ 小惠和美黎

学生作文时，项泓老师就时不时地爱望一眼坐同桌的小惠和美黎这两个女孩子。有一天作文课写《邻居的小男孩》，她俩很快就都俯身桌上，吱吱嘎嘎地写着。但随即听见美黎小声问："调皮的调字怎么写？"小惠答道："言字旁，加周字。"美黎写了一会儿又问："馋嘴的馋字怎么写？"小惠答道："食字旁，右边上免字下加两点。"只见美黎头也不抬，不停地问了写，写了问。如此反复不止，就像管家问记账的情形一样。小惠答着答着，便停下笔拿眼乜斜一下她身边的同学，其神气仿佛在说：你连一个字也没能记住，写什么作文嘛！

到时间项泓收学生的作文，收了后就拿美黎的作文到讲台桌上读给全班的同学听，听得教室里一时静悄悄的。突然小惠举手发言道："老师，美黎写一篇作文有许多字不会写，都是我告诉她的！"于是项泓接着说："美黎同学写了这么生动的一篇作文，和小惠同学的帮助是分不开的。同学们鼓掌！"

于是静悄悄的教室里噼噼啪啪地响起一阵掌声。

（载《闽南日报》1994 年 8 月 21 日第 3 版）

在雨夜的叩门声里

◀ 在家的日子

大旱天还没有亮透，因父亲病在床上，农活只好临时由儿子罗林接手。

罗林先是挑了担水肥去浇菜，回家吃罢早饭便赶牛上山。临出门时他本想晌午拾捆柴草回家，却听见爹交代说带粪筐去拾沿路的牛粪。天气炎热异常，等中午回家时，路上拾到的已多是八成干的牛粪了，所以装满牛粪的担子并不怎么显重。母亲对他说：你一趟挑回来的足够晒一大筐粪饼了，值七块钱哩。罗林一听简直有点吃惊。实际上满山坡到处是牛粪，可年轻人谁想去干这个！

第二天临要出门时，他遇见了同村的春红。春红问他："趁农闲，你不再出去打工了？"他答道："等我爹康复了再说吧。"这样罗林便每天都干农活放牛，每天都拾两担牛粪回家。其间他还相中了一块山地。此后他便每天赶牛、挑粪筐荷锄出门。等罗林爹病愈已是一个半月后的事了。这时候他已拾了五十多筐干牛粪、开出一亩多茶园。隔年春天，罗林近三亩的茶园长出绿汪汪的新芽。积存下来的牛粪悉数用于培植蘑菇，他也就显得更忙了些。

仲春时节，春红又来找他打听有没有出去打工的打算，他望着姑娘笑而不答。春红说："你呀，就是想怕也迈不开腿了对不对？"罗林反问；"那你呢？"春红说；"都怪你，把我出去打工的念头也给搅黄了！"

（载《闽南日报》1997．4．14）